私 が 彼 を 殺 し た

我杀了他

[日] 东野圭吾 著 郑琳 译

南海出版公司

新经典文化股份有限公司
www.readinglife.com
出 品

我杀了他

目 录

1	神林贵弘之章	一
25	骏河直之之章	一
51	雪笹香织之章	一
73	神林贵弘之章	二
87	骏河直之之章	二
99	雪笹香织之章	二
115	骏河直之之章	三
131	神林贵弘之章	三
145	雪笹香织之章	三
157	神林贵弘之章	四
179	雪笹香织之章	四
199	骏河直之之章	四

219	神林贵弘之章	五
235	骏河直之之章	五
251	雪笹香织之章	五
263	神林贵弘之章	六
269	骏河直之之章	六
275	雪笹香织之章	六
281	骏河直之之章	七
287	雪笹香织之章	七
291	神林贵弘之章	七

神林贵弘之章 一

1

将挂在最边上的浅绿色雨衣与衣架一起取下后,衣柜里变得空荡荡的。我踮着脚检查完上面的架子,回头看向美和子。她已将雨衣叠好,正要把它放进旁边的纸箱。富有光泽的长发挡住了她大半张脸。

"这样衣服就算收拾完了吧?"我看着她的侧脸问道。

"嗯,应该没有落下的。"她继续手中的活儿,回答道。

"即使有,回来拿就可以了。"

"是啊。"美和子放好雨衣后盖上纸箱,看了看周围,随后拿起了放在纸箱后的透明胶。

我叉着腰环视房间。美和子这间不到六叠①的房间里放着已故的母亲用过的旧衣柜,那里面也已收拾好了。衣柜和壁橱里曾放着美和子的所有衣服。她按照天气、流行趋势和心情,从那几十件衣服中选择合适的穿着上班。她从不会连续两天穿同一件衣服出门,据

---

① 日本计量房屋面积的单位,1叠约为1.62平方米。

说是怕被误以为在外过了夜。对于经常连续一周穿同一套西服出门的我来说，觉得挺麻烦的。但是看她穿不同样式的衣服从房间出来，曾是我每天早上的乐趣。今后我恐怕就与此无缘了。这也是我不得不放弃的事情之一。

美和子用透明胶封好纸箱，拍了拍。"好了，大功告成。"

"辛苦了。"我说道，"累了吧？要不要吃点东西？"

"有什么呢？"美和子歪着头，表情像是在想冰箱里还有什么。

"有拉面。我给你煮。"

"没关系，我做就行。"美和子起身说道。

"不用，不用。今天这种日子，得由我来做。"

我轻轻地搂过她的腰，将她拉向我这边。这个举动没有什么特别的意思，至少我是这么想的。但美和子似乎并不这么想。她的笑容变得有些不自然，然后就像冰舞女伴一样，利落地转身摆脱了我的双臂。

"还是我来吧。哥哥每次都会把面煮过头。"说完她便走出房间，下了楼梯。

我凝视着还留有些许美和子体温的左手，叹了口气，走近放在淡紫色地毯上的纸箱。拿起箱子，我才发现只装着衣服的箱子意外地轻。我抱着箱子，再次环视室内。邮购的廉价架子和母亲以前用的衣柜还在房间里，但看惯了的写字台已经不见了。美和子坐在那张棕色写字台前，像画画般用钢笔在稿纸上写字的身影浮现在我的脑海中。工作时她会使用打字机或电脑，写诗时却坚持手写。

白色的蕾丝窗帘随风飘动，从面向狭窄的私家路的窗户吹进一股微暖的风。

我把纸箱暂时放在地板上,关上窗户并锁好。

我们的家建在一块约五十坪①的地皮上。一楼除了有宽敞的厨房兼餐厅,还有日式套间。二楼有三间西式房间。我们的父亲在不到四十岁时就盖了这栋房子,既没有付首付,也没有办分期付款。爷爷去世后,父亲需要继承遗产,由于付不起继承税,不得已卖掉了之前住的房子,这栋房子就是用剩下的钱盖的。据亲戚们说,我们神林家就是这样,失去了代代相传的土地和房产。

我在一楼的餐厅吃了美和子煮的味噌拉面。美和子将长发用发卡别在脑后。

"那边的家是打算旅行回来后再开始收拾吗?"我边吃拉面边问。

"估计只能那样了,因为时间不够。明天还得忙着准备婚礼和旅行的事。"

"我猜也是。"

我看了看贴在墙上的日历。五月十八日那天用红笔画了个圈——就是后天了。当时画圈的时候,以为还会有一段时间。

"接下来我该怎么办呢?"吃完拉面,我放下筷子,托着腮说道。

"还是打算处理掉这栋房子吗?"美和子略显不安地问道。

"那倒不一定,也可能会出租。不管怎么样,我没打算继续住在这里。一个人住太大了。"

"哥哥也……"美和子笑着说,"干脆找个人结婚吧。"

估计她是下了很大决心才说出这句话的。我明白这一点,所以

---

① 日本计量面积的单位,1 坪约为 3.3 平方米。

没有看她的脸。"也是。我会考虑的。"

"嗯。"

我们陷入沉默。美和子也放下筷子。拉面还没有吃完,不过她好像已经没有继续吃下去的心情了。

我透过玻璃窗看着院子。草坪已开始生长,杂草也多了不少。无论是出租还是卖掉,房子都需要修葺。但修葺一新后,肯定又舍不得转让。

我听说我们的祖先曾经留下不少家产,但我出生时家境已大不如前了。父亲是在证券公司上班的普通职员,是一个能够维持普通生活水准就知足的人。正因为这样,在这里盖的房子也是普普通通的。父亲曾打算将这栋房子作为两代人同住的住宅使用。老两口住一楼的日式套间,儿子或女儿夫妇则住二楼的西式房间。这好像就是父亲的梦想。如果他的人生顺遂,这个梦想本应该是能够实现的。但不幸来得太突然,让人措手不及。

那是美和子开始上小学的第二天。父母去千叶参加亲戚家的法事,再也没能回来。父亲驾驶的大众甲壳虫轿车在高速公路上遭遇大卡车追尾,小巧的车身一直飞到对面的车道,父母当场死亡。在颅骨骨折、大脑与内脏都被撞坏的情况下,多活一秒都不可能。

那天,我和美和子被托付给邻居。那个邻居是父亲的同事,他带着自己的孩子和我们俩去丰岛园玩。我们正在玩过山车和旋转木马的时候,他的夫人接到了来自警方的不幸通知。她恐怕曾左思右想,万分烦恼,不知应当怎样将这个噩耗告诉两个年幼的孩子。我们从游乐园回来时,她迎接我们时黯然的神色充分说明了这一点。

每当回想起这段往事,我就感到庆幸。那个邻居家的叔叔途中并没有往家里打电话，因此，我们才有幸直到回家前都过着如梦一般的快乐时光。那是我们兄妹俩最后一次一起玩。

我和美和子分别由两家亲戚收养，因为两家都仅有收养一个孩子的能力。

幸运的是，两家亲戚对我们都非常不错，我甚至被一直供到读完研究生。我们的抚养费估计是用包括人寿保险在内的父母的遗产来支付的，但我深知，抚养一个孩子长大成人可不仅仅是钱的问题。

在我和美和子分开生活期间，这个家由父亲工作过的公司租用为职工宿舍。再次回到这个家时，我发现房客们都不是野蛮粗暴的人。

在我正式签约留校工作那年，我和美和子回到了这个家。那时她已经是大学生了。

十五年——这是我和美和子分开生活的时间。兄妹俩分开这么久，是第一个错误。而第二个错误是，时隔十五年，两人又开始一起生活。

电话铃响了。美和子迅速拿起墙上的无绳电话。"你好，这里是神林家。"

看到她表情的变化，我猜到了是谁打来的。会在周五的白天来电话的本来也没几个人。大学的研究室那边因急事找我的可能性很小，而美和子在上个月已经辞掉了保险公司的工作。打给她的另一个身份——诗人神林美和子的电话，虽然不分昼夜都会打进来，但那部电话早已移到了新居。昨天和今天，出版社和电视台的人大概会因为找不到她而倍感焦虑。

"嗯，剩下的东西也都收拾好了。刚刚和哥哥一起吃了拉面。"

美和子面带微笑地讲着电话。

我将两个拉面碗放进洗碗池,走出了厨房。因为我不知道该用什么样的表情在旁边听美和子和穗高诚通电话。我真不想让她看到我现在的样子。

穗高诚,正是后天将和美和子结婚的男人。

美和子很快就通完了电话,来敲我的房门。我正坐在书桌前发呆。

"是穗高先生打来的。"美和子有些不好意思地说。

"嗯,我知道。"我回答。

"他说要不要今晚就搬到那边去住。"

"哦……"我点了点头,"这样啊。然后呢,你是怎么回答的?"

"我说这边有些事还没有处理完,所以还是按原计划办。这样不行吗?"

"不,当然不是。"不可能不行。"但这样好吗?你是不是想早点搬到那边?"

"反正明天晚上得在酒店住,只有今晚搬过去住,有点怪怪的。"

"那倒也是。"

"对了,我得出去买点东西。"

"嗯,注意安全。"

美和子下楼了。几分钟后,我听到了玄关处开门的声音。我站在窗前,俯视着她推着自行车出去的样子。白色风衣的帽子被风吹得鼓鼓的。

后天的婚礼定在赤坂的一家酒店举行。我和美和子决定明晚开始住在那家酒店,因为如果婚礼当天从我们住的横滨出发,一旦路况不好,极有可能无法正点到达酒店。

不过，明天还有许多事情要准备，所以我们俩得先去穗高家。他家位于练马区的石神井公园附近。我们打算顺便把打包好的纸箱用车运过去。家具等大件行李上周已经委托搬家公司运过去了，明天需要拿的只有上次没能运过去的小件行李和衣服。

穗高诚今晚就想让美和子搬到他那边去住，按说合情合理，那样更能有效地利用时间，何况新郎想跟新娘在一起也很正常。

但是，这仍无法打消我对他的不满。今晚是美和子在家度过的最后一晚。这么宝贵的夜晚，凭什么要被那样的男人夺去？想到这些，我就怒上心头。

2

这天晚上吃的是牛肉火锅，因为我和美和子都喜欢。我们的酒量都不大，却喝掉了两罐五百毫升的啤酒。美和子的脸颊有些泛红。我的眼圈或许也有些红了。

晚饭后，我们仍坐在餐桌前，聊了很多往事，关于我的大学时代、她之前工作的公司等。但有关恋爱和婚姻的话题，我们始终没有提及。我自然是有意识回避，估计她也一样。

不过在两天后就要举行婚礼的情况下，完全回避这方面的话题确实有些不自然。这种不自然以尴尬的沉默显现了出来。

"终于到最后一晚了。"平定思绪后，我打破了沉默。刚说完，我便觉得像是按压了疼痛的臼齿。确认了疼痛，应该就能安下心来。

美和子微微一笑点了点头。"想到以后就不住在这个家了，总觉得好奇怪。"

"你可以随时回来。"

"嗯，不过……"她低了一下头，继续说道，"争取不那样。"

"也是。"我用右手捏扁啤酒罐，"孩子呢？"

"孩子？"

"不打算要孩子吗？"

"哦。"美和子垂下眼帘点了点头，"他说想要孩子。"

"几个？"

"说要两个。先要女孩，然后是男孩。"

"哦。"

真是无聊的话题。一提到孩子，难免就会联想到做爱。

忽然，我开始怀疑美和子是否已经和穗高诚发生过性关系。我试想能否通过什么话题试探一下，但立即打消了这种念头，因为这已经不重要了。就算发生过性关系又能怎样？即便现在没有，早晚也会有。

"诗呢？打算怎么办？"我换了个话题。这的确是我发自内心关心的事。

"什么意思？"

"以后还写吗？"

"当然了，继续写。"美和子用力点了点头，"穗高先生迷恋的好像不是我，而是我的诗。"

"哦？那倒不至于吧……总之我希望你小心点。"

"小心？什么意思？"

"就是说，"我挠了挠鬓角，"希望你不要因为繁忙的新生活和日常琐事失去原本的自己。"

美和子点了点头，双唇间露出洁白的牙齿。"知道，我会注意的。"

"我觉得你写诗的时候好像最幸福。"

"嗯。"

我们再次陷入沉默。似乎已经没有什么能轻松谈笑的话题了。我感到有点束手无策。

"美和子。"我轻声唤她。

"怎么了？"她看了看我。

我凝视着她那明亮的眼睛问道："你觉得能幸福吗？"

她似乎有点踌躇，但随即加重语气回答："嗯，一定能。我觉得没问题。"

"那我就放心了。"我说。

过了十一点，我们回到各自的房间。我用 CD 机听着莫扎特的经典曲目，写起量子力学相关论文的结语，却毫无进展。耳朵里听到的不是莫扎特的曲子，而是从隔壁房间里传来的美和子的动静。

换完睡衣躺到双人床上时，已经快凌晨一点了，但我毫无睡意。我之前就有失眠的预感，因此并没有感到烦躁。

没过多久，隔壁房间传来了细微的声响，接着是拖鞋的声音。看来美和子也没有入睡。

我下床轻轻打开房门。走廊很暗，从美和子房间门缝里露出的光在地板上画出了一条细线。但那条线忽然就在我眼前消失了。接着从她的房间传来了轻微的声响，看来她准备睡觉了。

我站在她的房门前。仿佛是用 X 射线照过一般，房间内部的样子浮现在脑海中，甚至连她搭在椅背上的睡裙都能看见。

我马上摇了摇头,因为我想到房间内部已经不再是我熟悉的那个样子。椅子和她爱用的写字台早就搬到了那边的家,而且她今晚穿的应该不是睡裙,而是T恤。

我轻轻敲了敲门,里面马上传出"来了"的声音。美和子果然还没有睡。

我从门缝露出的光知道她开了灯。门开了,正如我想象的那样,她果然穿着T恤,下摆下方露着细长的腿。

"怎么了?"她面带疑惑,抬头看着我。

"睡不着。"我说道,"如果你还没睡,想和你聊聊。"

美和子什么都没说,只是看着我的胸膛。从她的表情能够看出,她知道哥哥敲门是出于什么目的,因此她更难以回答。

"对不起,"我无法忍受这种沉默,便开口说,"今晚我想和你在一起。因为两个人能够在一起,这也许是最后一次。明晚住的酒店房间是分开的吧?何况穗高先生还说他也有可能过来。"

"即使结了婚,我也会常回来的。"

"不过,能和不属于任何人的美和子在一起,今晚是最后一次了。"

听到这句话,美和子沉默了。于是我走近一步,但她用右手轻轻推开了我。

"我决定清算以前的一切。"

"清算?"

美和子点了点头。"不清算的话,怎么能和别人结婚?"

她声音虽小,这句话却像一根细长的针刺穿了我的心。除了疼痛,我还不由得感到一阵冰冷。

"是啊。"我低头叹了口气,"那是应该的。"

"对不起。"

"不，没关系。是我一时中邪了。"我看着美和子穿的T恤，上面是猫打高尔夫的图案。想起来了，这是我们去夏威夷旅游时买的。那么美好的时光再也不会回来了。我对她说："晚安。"

"晚安。"美和子落寞地笑了笑，关上了房门。

浑身燥热。我躺在床上翻了好几次身，一点睡意也没有，打算索性熬到天亮，但时钟的指针走得异常缓慢。这一切让我觉得更加郁闷。

我回想起那天晚上的事，那个打乱了我们的人生、整个世界都忽然扭曲的晚上。那是我和美和子开始共同生活的第一个夏天。

如果硬要为自己辩解，归根结底就是我们俩都孤独地度过了十五年。我们表面上看起来很开朗，心中却存在着古井般的黑暗。

收养我的亲戚人非常好，富有爱心，待我就像亲生孩子，为了不让我感到自卑，总是细致入微。为了不辜负他们的一番好意，我也尽量表现得和其他家庭成员没有什么区别，不仅注意不要过于客气，还时不时撒撒娇，总之就是扮演家人的角色。我甚至想过不能太乖，还适当地犯过小错误，故意让叔叔他们操心。因为我知道，比起那些一直都听话的乖孩子，大人们更喜欢犯点错误后改过自新的孩子。

听完我说的这些话，美和子感到非常吃惊，并说自己的情况也一样，然后就讲了她的故事。

刚被收养时，她是个不爱说话的孩子，也不跟别的孩子玩，总是一个人躲在角落里看书。"当时周围的叔叔们都说，孩子还没有从精神打击中缓过来，得需要一段时间。"回想当时的情形，美和子笑着说。

但是随着年龄的增长,性格内向、沉默寡言的少女变得越来越开朗,小学毕业时已经完全变成了阳光少女。

"那一切不过是在演戏,"她说道,"无论是沉默寡言,还是渐渐开朗,其实都是在演戏。我不过是做出了大人们比较容易理解的行为而已。我也不知道自己为什么那样做,或许是为了活下去,觉得自己只能那样做。"

交谈后才发现,原来我们俩不论在想法上还是行动上都有惊人的相似点。我们心灵的核心部分是孤独,而内心渴求的是真正的家庭。

开始一起生活后,我们尽最大努力争取在一起的时间,既是为了挽回过去的损失,也是为了沉浸在与家人相处的安宁之中。我们俩就像猫一样嬉戏玩耍。有同一血脉的亲人在身边原来是如此幸福,这一点甚至让我心生感动。

后来,就有了那天晚上的事。

我亲吻了美和子,从此便打开了潘多拉的盒子。如果吻的是脸颊或额头就不会有问题,但我吻的是她的嘴唇。

在这之前,我们一直亲密无间地聊着有关父母的美好回忆。美和子默默地流下眼泪。看着她流泪,我不由得感到对她的无限爱意。

坦白来说,我的内心深处一直就有不把美和子当妹妹,而是当异性看待的一面。对此,我自己多少有所约束,却没有什么危机感。很久没见过面的妹妹变得如此美丽,任谁都会觉得她光彩夺目。我坚信只要再过一段时间,她在我心中就只会是妹妹。

我的这种想法也许没错,但问题是我没能熬过那段短暂的时间,最终为潜藏在心底的恶魔提供了可乘之机。

我并不知道美和子是以怎样的心情和我接吻的。根据我的推测,她可能也和我一样。因为从她的表情来看,她好像并没有受到惊吓,反而像是证实了预料之中的事情一样,有一种近乎满足的感觉。

那时,我们周围的空间与世界是分离的,时间也静止了,至少对于我们来说是这样。我用力拥抱美和子。开始她就像玩偶一样一动不动,不一会儿便开始放声大哭。她似乎不是因为厌恶我的拥抱而哭,因为她也抱住了我。她边哭边喊的是父母的事情。她的声音仿佛回到了十五年前。也许她终于找到了能够让她发自内心哭泣的地方。

至今我也不明白当时为何会脱下美和子的衣服,以及她没有反抗的理由。也许她自己也不知道。那时,我们就是情不自禁想做——只能这么理解了。

我们在狭窄的床上成为一体,可以看出她很痛苦。第二天我才知道,她当时还是处女。

我笨拙地插入后,她再一次哭了起来。我吻着她纤瘦的肩膀,慢慢地动了起来。

一切像是在梦幻中,对时间和空间的感觉依然模糊不清。我的大脑拒绝了任何思考。但我俩都心知肚明,我们从此便踏上了无尽黑暗的不归路。

3

穗高诚是个编剧,好像也是作家。但我既没有读过他的作品,也没有看过他写的影视剧。因此,我不可能从作品中理解他的思想倾向和思维方式，何况我也没有把握能从他的作品中推知这些事。

至今为止，我和穗高诚只见过两次面。第一次是在东京的一家咖啡厅，是美和子介绍给我的。由于事前已经知道她有男友，我并不惊讶。第二次则是他们决定结婚之后，我在供职的大学附近一家家庭餐厅里被他们告知此事。

两次会面，我和穗高诚面对面的时间都没有超过三十分钟。每次他都不断因手机响而离席，最后因有急事不得不离开。因此，我根本无法充分了解他究竟是什么样的人。

美和子对穗高诚的评价是"人还不错，最起码对我很温柔"。我想这是理所当然的。如果不是好人，对自己的女友也不温柔，就根本没有结婚的价值。

基于这些原因，今天我才算正式与妹妹的结婚对象见面。

五月十七日上午，我驾驶老款沃尔沃来到位于静谧住宅区中的穗高家。

从房子的外观来看，穗高诚是一个自我意识强且傲慢的人。这是我从环绕房子的高墙和与周围不甚协调的白色房子所联想到的。我也不知道为何会联想到这些，或许就是一种感觉。即便是围墙不高的黑色房子，我也有可能这么想。

美和子按门铃时，我从后备厢取出昨天打包好的纸箱等行李。

"没想到还挺快的。"门开后，出现了穗高诚的身影。他穿着白色针织衫和黑色裤子。

"今天路上没堵车。"美和子说。

"是吗，那真好。"穗高看向我，点了点头，"您辛苦了，累坏了吧？"

"不，这没什么。"

"啊，我来吧。"穗高任由及肩的长发飘逸着，从玄关前的楼梯跑了下来。他动作敏捷，令人很难想象是个快四十岁的人。我想起他的爱好是网球和高尔夫。"这车很不错。"他边接纸箱边说道。

"是辆二手车。"我回答。

"是吗？保养得真不错。"

"算是一种护身符吧。"

"护身符？"

"是的。"我看着穗高的眼睛。他好像没听懂是什么意思，但还是含含糊糊地点了点头，然后转过身去。其实，我是想说"如果不爱惜车，总觉得关键时刻会遭到报应"。我们的父亲从来就没有善待过他的甲壳虫。穗高诚，你对我们经历过的悲伤根本就一无所知。

穗高家的一楼有宽敞的客厅。前几天运过来的美和子的部分行李堆在角落里，其中并没有写字台。落地窗旁边的沙发上坐着一个穿灰色西服的清瘦男人，气色不像穗高那么好，年龄应该差不多。他好像在写什么，看到我们后立刻站了起来。

穗高指着他说："我来介绍一下，这位是帮我管理事务所的骏河。"然后又看着他说："这位是美和子的哥哥。"

"初次见面。恭喜。"他说着递来名片，上面印有"骏河直之"四个字。

"谢谢。"我边回答边递出名片。

骏河似乎对我工作的地方很感兴趣。他看到名片后，不由得睁大了眼睛。"量子力学研究室……真厉害！"

"是吗？"

"量子力学一个部门就拥有独立的研究室,看来很受大学重视。既然在这里当助教,以后肯定前程似锦。"

"这不一定……"

"下次写一部以大学研究室为背景的作品怎么样?"骏河看着穗高说道,"正好可以采访一下神林先生。"

"我也有这种想法,"穗高将手搭在美和子的肩上,微笑着对她说道,"但不打算写成肤浅的悬疑剧。我想写气势磅礴的科幻题材,适合拍成电影的那种。"

"谈论电影之前——"

"赶紧动笔写小说,对吧?我知道你想说什么。"穗高的表情略带厌恶,然后看着我说,"他主要的工作就是约束我。"

"我想今后应该能轻松些,因为有了美和子小姐这么得力的搭档。"

听到骏河这番话,美和子有些不好意思地摇了摇头:"其实我也帮不上什么忙。"

"不,说真的,我相当期待,你们结婚真是让我高呼万岁。"骏河兴致勃勃地说完后,看向我,忽然又以严肃的表情说道,"大哥这边以后可能就寂寞些了。"

"没有……"我轻轻地摇了摇头。

骏河直之一直以一种观察的眼神看着我。当然,"一直"这个词不一定恰当。也许只有几秒钟,或者仅有零点几秒,我却觉得异常漫长。于是我想,得小心这个家伙。在某种意义上,他似乎比穗高更需要提防。

穗高诚一直独自生活。他结过一次婚,建这栋房子时好像有妻子,但几年前分手了。至于为什么离婚,我全然不知,因为美和子没有告诉我。不过,我推测她也不大了解相关情况。

在人寿保险公司上班的二十六岁白领和结过一次婚的三十七岁作家结为连理,具有一定的偶然性。如果美和子只是普通的白领,他们可能根本就没有结识的机会。两个人相识,是因为美和子两年前出版了诗集。

她开始写诗,好像是初中三年级的时候。利用准备中考期间的休息时间,她将浮现在脑海中的语句记在笔记本上,这不知不觉间成了一种兴趣。令人吃惊的是,大学毕业时,这样的笔记本已经有了十几本。

多年来,美和子从没有将这些本子给别人看,包括我,可有一次却被来找她玩的朋友偷看到了。那个朋友并没有告诉美和子,悄悄地将其中的一本带回了家。她没有恶意,只是想让在出版社工作的姐姐看一看。总之,美和子的诗无意间打动了那个朋友的心。

朋友的直觉果然没错。她的姐姐看完诗后,马上想要出版。那或许是编辑的直觉使然。

没过多久,名叫雪笹香织的女编辑来到我们家,并提出想看看所有诗作。她花了很长时间读完所有的诗后,当场就约美和子商谈有关出版的事宜。面对略显犹豫的美和子,她甚至说不答应就不离开,可见积极性之高。

之后是否有过波折我不是很清楚,但前年春天,美和子出版了她的诗集。正如多数人预料的那样,这本书一开始压根就卖不出去。我用电脑搜索过杂志和报纸的书评栏,出版一个月后仍没有任何反响。

然而，出版后的第二个月发生了重大转机。雪笹香织设法让女性杂志介绍这本诗集，以此为契机，诗集忽然开始畅销，读者绝大多数是女白领。为了出书而选诗时，雪笹香织以能够代表白领心情的诗为主的策略看来是成功了。诗集不断再版，最终跻身于畅销书的行列。

之后，美和子开始不断接受各种媒体的采访，有时还出现在电视屏幕上。打到家里的电话逐渐增多，美和子便又安装了一部电话。春天需要办理纳税申报，她也委托税务师来专门处理。即使这样，到了四月份，追加征收的税款还是达到了惊人的数目，政府部门也要求缴纳巨额的居民税。

不过，美和子并没有辞掉保险公司的工作。在我看来，她始终尽最大努力不改变自己。她的口头禅是："我可不想成为什么名人。"

她和穗高相识好像是在去年春天。我不知道详细经过，应该是通过雪笹香织认识的。雪笹香织正好也是穗高的编辑。

美和子没有跟我说过两人是何时开始正式交往的，估计今后也不会跟我说。不过能够肯定的是，去年圣诞节他们已经决定结婚。平安夜美和子回到家时，手指上戴着硕大的钻戒。她可能原打算到家前摘下来，却不小心忘记了。察觉到我的视线后，她急忙将左手藏了起来。

"最后的致辞就拜托真田先生吧，平时承蒙他照顾，可不能因为小事闹得不愉快。"骏河直之看着文件夹里的文件说道。他坐在沙发边缘，麻利地用圆珠笔在文件上写着什么。

"会闹得不愉快吗？"穗高问道。

"我是说会有这种可能。那位先生非常注重细节,如果发现与其他人待遇相同,一定会耿耿于怀。"

"真是的。"穗高叹了口气,看着旁边的美和子笑了笑。

对我来说,参与美和子婚礼的协商比坐在针毡上还难受。如果有可能,我真想赶快离开。但如何接待神林家的亲戚一事只能由我来决定,还有些杂事也必须由我来确认,何况又没有任何离开的理由。所以我只能石像般坐在真皮沙发上,默默地注视着美和子成为他人新娘的仪式流程。坐在斜对面的穗高总是用左手触碰美和子的身体,令我非常不快。

"接着就是新郎致辞,怎么样?"骏河用圆珠笔的笔尖指着穗高问道。

"没完没了的致辞啊,真无聊。"穗高歪了歪头。

"没办法。一般婚礼还会有向父母献花的环节。"

"算了吧。"穗高皱着眉头说,然后看着美和子打了一个响指,"有一个好主意——在新郎致辞之前,安排一个新娘诗朗诵的环节怎么样?"

"什么?"美和子瞪大眼睛,"那种事怎么行!"

"有没有适合婚礼的诗?"骏河问道。看来他很感兴趣。

"找的话应该有吧?一首或两首。"穗高也问美和子。

"有倒是有……不过,不行,绝对不行!"美和子一直摇头。

"我觉得很好。"说完,穗高好像忽然想到了什么,看着骏河,"要不干脆请专业人士吧。"

"专业人士?"

"就是请专业的朗诵家。这个主意不错,既然是朗诵,就配上音乐。"

"明天就是婚礼了,现在上哪儿去找专业人士啊!"骏河的表情明显带有求饶的意思。

"这不是你的工作吗?就交给你了。"穗高跷着二郎腿,指着骏河的胸口。

"试试吧。"骏河叹了口气,在笔记本上写了什么。

这时,玄关的门铃响了。

美和子拿起了墙上的对讲机。确认对方的名字后,她说了声"请进"后放下了话筒。"是雪笹姐。"美和子对穗高说。

"看来是监督员来了。"骏河冷笑道。

美和子走到玄关,将雪笹香织领了进来。干练的女编辑穿着一身白西服,看起来很严肃。无论是发型还是挺胸抬头的姿势,都让我不由得联想到宝冢歌剧团中扮演男角的女演员。

"打扰了。"雪笹香织看着我们三人说道,"终于要到明天了。"

"我们正在进行最后的协商,"骏河说道,"请你也帮我们出点好主意。"

"我想先拜托一件事。"雪笹看了看美和子。

"哦,是随笔的初稿吧,我现在就去拿。"美和子走出客厅,紧接着传来了上楼梯的声音。

"直到婚礼前一天还让她工作的,也就是你吧。"穗高坐着说道。

"你这是夸奖我,还是——"

"当然是夸奖了,这不是明摆着的吗?"

"那就多谢了。"雪笹香织郑重地低下头。抬头时,我们的视线恰好相遇。她的表情有点不自在。这只是第二次见面,我真不知她为何会露出这种表情。

我避开了视线,雪笹香织则看向远方。忽然,她睁大了细长清秀的眼睛。我感觉到她在深呼吸。

看到她的这一举动,包括我在内的三个男人都不由得将视线转向她所看的方向。她正看向落地窗,透过蕾丝窗帘,能够看到铺有草坪的院子。

院子里站着一个长发女人,露出丢了魂似的表情,呆呆地凝视着这边。

骏河直之之章 一

1

看到站在那里的女人,我瞬间觉得呼吸困难,心脏似乎跳了出来。

那个穿着白色连衣裙、一副幽灵般表情的女人,无疑就是浪冈准子。

准子面向我们,但她注视的只有一个人。眼神虽然空洞,但她一直盯着穗高。

我在两秒之内把握了事态,随后又用了两秒考虑究竟该怎样处理。

穗高只是像傻子一样定在那里,后面的两个人也没有出声。雪笹香织应该不认识外面的女人,神林贵弘当然更是不知情。真是万幸!更为幸运的是,神林美和子恰好不在场。

"嘿,这不是准子吗,怎么忽然就来了?"我站起来打开了落地窗,但她的眼神并没有朝向我。我接着说:"下班了?"

她微微动了动嘴唇,好像在自语着什么,但听不清内容。

我穿上放在外面的男式拖鞋,站到她面前,为的是挡住她看穗高的视线。当然,我也不想让屋里的神林贵弘和雪笹香织看到准子宛如梦游般的表情。

准子终于看向我。她像是刚刚意识到我站在眼前,露出了惊讶的表情。

"到底怎么了?"我小声问道。

准子洁白的脸颊马上变得通红,眼睛也开始充血。我仿佛听到了她眼泪涌出的声音。

"喂,骏河,没事吧?"后面传来了声音。回过头一看,穗高把脸探出窗外。

"嗯,没事。"我一边回答,一边自问究竟什么没事。

"骏河,"穗高又一次小声叫我,"想想办法,我可不想让她知道。"

"知道了。"我头也不回地答道。她,无疑是指神林美和子。身后传来了关窗户的咔嚓声。估计穗高现在满脑子想的都是如何对屋里的两个人说明情况。

"去那边吧。"我轻轻推着准子的肩膀。

准子微微摇了摇头,一脸想不开的表情,眼中开始渗出泪水,转眼便泪如泉涌。

"我们到那边聊聊,在这里也做不了什么啊。来,快点。"我稍稍加大力气,推了推准子,她终于开始迈步。这时我才发现她拎着一个纸袋,但看不清里边到底装着什么。

我将她领到从客厅看不见的地方。正好有把小椅子,便让她坐了下来。旁边搭有练习高尔夫用的网,看来椅子是穗高练习高尔夫时用来休息的。椅子周围摆着几盆黄色和紫色的三色堇。穗高曾说过,这些都是神林美和子买来的。

"准子,你为什么来这里?也不按门铃,忽然来到院子里窥视,这可不像你呀。"我用对小女孩说话的口气问她。

"……个人？"她终于开口嘟囔着什么，但我没有听清。

"啊？什么？"我将耳朵靠近她的嘴边。

"是……那个人吗？"

"那个人？你在说什么？"

"就是屋里的人。那个穿白西服、短头发的……人，就是准备和诚结婚的人吗？"

"啊……"我终于明白了准子指的是什么。我还以为她只关注穗高一个人，看来并不是这样。

"不是，"我说道，"她是编辑，因为工作上的事碰巧在这里。"

"那么，是谁和诚结婚？"

"谁……"

"诚他不是要结婚吗？我听说了。而且那个人好像就在这里。"准子像是在发泄忍无可忍的愤懑，连珠炮般地问道，满脸都是泪水。看着她的脸，我在想她怎么会变得如此憔悴。曾经的她有着鹅蛋形的俏丽面庞。

"她不在这里。"我答道。

"那到底在哪里？"

"这个……我也不清楚。你为什么问这些？"

"我想见见那个人。"准子把脸朝向客厅的方向，想站起来，"我去问诚。"

"等等，等一等，别急。"我用双手按住她的肩膀，让她再次坐了下来，"你看到他刚才的态度了吧？虽然我也不想这么说，但他实在不想见你。我知道你有很多不满，但今天先忍一忍，回去吧。"

听到这番话,准子用看到怪物的表情看着我。"我什么都没有听说。诚要结婚……而且对象不是我,我是最近才知道的。而且不是他告诉我的,是从来宠物医院的客人那里听说的……我打电话想确认这件事,他立刻就挂断了。你说,哪里有这么做的?"

"这样做确实过分,我会让他道歉,我保证,一定让他当面向你道歉。"我跪在草坪上,双手搭在她肩膀上说道。想到自己必须如此卑微地向她恳求,就觉得非常窝囊。

"什么时候?"准子问道,"他什么时候能来?"

"就这几天,不会让你等很久的。"

"现在就让他过来,"准子睁大杏仁般的眼睛,"让他到这里来!"

"别闹了,好不好?"

"看来还得我去。"说着她站了起来。她势头很猛,我甚至无法按住她的肩膀。

"等等!"我跪在地上无法立即起身,便瞬间抓住了她的脚踝。

随着尖叫声,她倒在地上,纸袋从她的手中掉落。

"啊,对不起。"我想扶起她。这时,纸袋里掉出来的东西映入眼帘,我不由得浑身僵硬。

掉出来的是花束,婚礼上新娘拿的那种。

"准子你……"我看着她的侧脸。

她趴在地上,呆呆地望着花束,忽然露出惊愕的表情,急忙将花束放进纸袋。

"准子,你想干什么?"

"没什么。"准子站了起来。白色衣服的膝盖部分有些脏了,她伸手拍了拍,转过身去。

"你去哪儿?"我问道。

"回去。"

"我送你吧。"我站起来说。

"不,我自己能回去。"

"可是……"

"不要管我。"她抱着纸袋,像机器人一样笨拙地走向门口。我目送着她的背影。

待她的身影消失后,我回到客厅前。窗户锁着,因为蕾丝窗帘的遮挡,看不清里边有没有人。我敲了敲窗户。

里面传来动静,接着窗帘被拉开,出现了神林贵弘略显神经质的脸。我谄笑着,指了指窗户上的月牙锁。

他面无表情地开了锁。真是个让人看不透心思的男人。

我打开落地窗进了屋,但并没有发现穗高、神林美和子和雪笹香织的身影。"穗高他们呢?"我问神林贵弘。

"在二楼的书房,"他回答,"好像在谈工作上的事情。"

"哦,是吗?"估计是穗高为了不让神林美和子听到我和准子的谈话而想出来的对策,"你呢?"

"我不太懂文学话题,没多久就下楼了。"

"那你在这里做什么?"

"没做什么。"神林贵弘冷冷地回答后,坐到沙发上,拿起了旁边的报纸。

我揣测着他是否听到了我和准子的谈话。如果听到了,他或许能够推测出准子正处于什么境地。我无法向他求证这些事。如果他主动问方才那个女人是谁,我也许还能抓住机会套套话,但他好像对此毫不关心,一直看着报纸。

"我也上二楼看看。"我对他说,他却没有回答。果然是个冷血怪人。

来到二楼,我敲了敲书房的门,传来了穗高的声音:"请进。"

开门一看,穗高坐在靠窗的书桌旁,脚搭在桌上,神林美和子坐在书桌对面,雪笹香织则抱着胳膊站在书架前。

"来得正好,"看到我,穗高说道,"发挥一下作为经纪人的才干,帮我劝劝两位女士。"

"怎么回事?"

"我们正谈如何将美和子的诗拍成电影。不管怎么说,那对美和子的事业只会有帮助,但她们不赞同。"

"说实话,我也不大同意。不是说好暂时不谈电影吗?"

穗高有些不高兴。"并不是说马上就拍——准备,是准备拍。可以先签合同,这样就可以摆脱那些无聊的人的纠缠,美和子也可以将全部精力放在创作上。"后半句是看着神林美和子说的,穗高阴郁的脸挂上了笑容。

"美和子小姐的意思是,电影会让形象僵化,所以现阶段不会考虑拍成电影。穗高先生,你可是即将成为她丈夫的人,应该理解她的想法。"雪笹香织语气强硬。

"当然理解了,正是因为即将成为她的丈夫,才想做有利于她的事。"随后,穗高以讨好般的温柔口吻对未来的妻子说,"怎么样,美和子?交给我吧。"

神林美和子看来也感到为难,但这个女人的过人之处在于看似柔弱顺从，却决不妥协。

"谢谢你的好意。不过说实话，我自己也不知道该怎么办。诚，你不要着急，让我再好好想想。"

穗高闻言露出了难以形容的复杂笑容。我知道，这是他焦躁不安时的表情。他举起双手表示投降，然后转向我这边。"总之，就是这样一直在无休止地争论，所以我希望有人来帮帮我。"

"我明白怎么回事了。"

"剩下的就交给你了，这可是你的工作。"穗高放下脚，从纸巾盒中抽出一张纸巾，大声擤着鼻涕，"不好，药效好像没有了，明明刚服药没多久。"

"还有药吗？"神林美和子问道。

"嗯，不用担心。"

穗高绕到书桌另一侧，打开最上面的抽屉，拿出一个小包装盒。包装盒没盖上，能看见里面装的药瓶。穗高拧开瓶盖，取出一粒白色胶囊，漫不经心地放进嘴里，然后拿起书桌上喝剩的罐装咖啡喝了一口。那是普通的鼻炎药，对于在意自己形象的穗高来说，过敏性鼻炎这一老毛病可是他烦恼的根源。

"不能用咖啡服药吧？"神林美和子问。

"没关系，我平时就这样。"穗高拧紧瓶盖，从包装盒里拿出药瓶递给她，又把包装盒扔进垃圾筐，"一起放到你的旅行箱里吧，今天不用再吃了。"

"明天婚礼前得吃吧？"

"楼下还有个小药盒，一会儿装上两粒，带上就行。"说着，穗高又擤了擤鼻涕，转向我，"刚才说到哪儿来着？"

"有关拍电影的事,等你们新婚旅行后再商量怎么样?"我建议道,"估计美和子小姐今天也没有心情讨论这种话题,毕竟明天是大喜的日子。"

神林美和子看着我,莞尔一笑。

穗高叹了口气,指着我说:"知道了。我们旅行期间,你先敲定一些细节,行吧?"

"可以,没问题。"

"好,那这件事就谈到这儿。"穗高猛地站起来,"咱们去吃饭,我知道一家不错的意大利餐厅。"

"等等,还有件事需要商量,"我对穗高说,"有关菊池宠物医院的。"

穗高的右眉和嘴角出现了微妙的弧度。

"我们打算进行采访,"我看着神林美和子她们说道,"所以需要商量点事。"

"那我们就先失陪了。"雪笹香织说道。

"嗯,也是。"神林美和子也起了身,"我们在隔壁房间等你们。"

"五分钟后出发,你们准备一下。"穗高对着两个人的背影说道。美和子微笑着点了点头。

"你怎么什么都没和她说?"等到隔壁的房门关上后,我说道。穗高再迟钝,也应知道"她"指的就是浪冈准子。

穗高挠挠头,再次坐到了书桌前的椅子上。"有必要说吗?"穗高露出一丝冷笑,"为什么还要特意告诉她我和别的女人在一起的事?"

"那她能接受吗?"

"难道我说了她就能接受?告诉她我要和美和子结婚了,她就会点点头乖乖离开吗?其实都一样,无论我怎么做,那个女人都不会同意,只会没完没了地啰唆。我只能不理她。只要不理她,过一阵子她就会死心。没必要道歉,也没必要挂念。"

我双手在腹部交握。如果不用力,根本无法控制双手的颤抖。"如果她要求赔偿精神损失,你可没有拒绝的余地。"我说道。我费了很大劲才控制住声调,佯装平静。

"为什么?我又没有和她订过婚。"

"你不是让她堕过胎吗?没忘吧?还是我说服她,带她去了医院。"

"那不就说明她也同意堕胎吗?"

"那是因为她以为将来能和你结婚。我可是这么说才让她同意堕胎的。"

"那是你自己瞎编的,又不是我答应的。"

"穗高!"

"别这么大声行不行?隔壁能听见。"穗高皱着眉说道,"知道了。这样吧,我出钱,这样可以了吧?"

我点点头,从上衣口袋掏出了笔记本。"至于金额,我会和古桥先生商量后再决定。"我说出了认识的律师的名字,"另外,钱得由你亲手交给她。"

"饶了我吧。这么做有意义吗?"穗高站起来向门口走去。

"她无非是想听你的道歉而已。一次就行,就见她一次,好好和她说说。"

穗高摇摇头,指了指我的胸口。"这种交涉是你的活儿,你来想办法。"

"穗高……"

"这件事就说到这里。走，去吃饭。"穗高打开门，看了看手表，"早知道就没有必要让她们等五分钟了。"

看着走向隔壁房间的穗高，我恨不得把手中的圆珠笔刺向他的脖子。

2

大家一起下了楼。神林贵弘仍保持着刚才的姿势坐在沙发上看报纸。神林美和子对他说了大家要一起出去吃饭一事，他好像不是很高兴，面无表情地站了起来。

"咦？"穗高打开墙边组合柜的抽屉，惊呼出声。他拿着银灰色怀表一样的东西，但那并不是怀表，而是他常用的小药盒。我听穗高说过，他在上一段婚姻里，和前妻买了一对相同的小药盒。

"怎么了？"神林美和子问道。

"我刚才打开这个小药盒，发现里面有两粒胶囊。"

"那又怎么了？"

"我记得里面应该是空的。真奇怪，难道是我记错了？"穗高左思右想，"不过也无所谓，明天吃这个就可以了。"

"不知是什么时候的药，你就别吃了。"听到明天的新娘这么说，穗高也就没合上小药盒的盖子。

"你的话有道理，那就扔掉吧。"说着他将两粒胶囊扔进垃圾筐，然后将小药盒交给神林美和子,"待会儿帮我把药放进去吧。"

"好的。"她将小药盒放进自己的手提包。

"好了,我们出发吧。"穗高轻轻拍了拍手。

那家餐厅离穗高家只有十分钟左右的车程,位于住宅区。如果不注意餐厅的招牌,会以为是一栋漂亮的西式民宅。

穗高、我、神林兄妹和雪笹香织共五个人坐到餐厅里面的位置。时钟显示刚过下午三点。由于不是吃饭的时间,餐厅里除我们之外没有别人。

"表面上看起来相似,实质上却截然不同,"穗高举着叉子高谈阔论,"美国和日本不仅对棒球的感情不同,棒球的历史也不一样,关注度就更不用说了。我不是不知道这一点,只是低估了这种差距,上一部作品失败的原因就在这里。"

"雪笹姐曾经说过,不仅是电影,即便是小说,如果以棒球为题材同样卖不好。"神林美和子看着雪笹香织说道。

雪笹香织吃着海胆意大利面,点了点头。"总之,棒球虽然在日本也很受欢迎,但影响力根本无法与在美国相提并论。想想也是,粉丝们并不是去看棒球比赛,而是热衷于给某个队助威,这种事本身就令人难以理解。我这次算是领教了。"

"看来,你以后再也不打算拍棒球题材了?"

"对,我可受够了。"说着,穗高喝了一口意大利产的啤酒。

这个话题是指穗高去年拍摄的电影。他负责编剧的这部作品内容涉及职业棒球。当初他不仅想把棒球作为一种题材,更想尽可能真实地反映职业棒球这个领域。或许是因为做到了这一点,部分影迷和评论家的评价还不错,但票房惨淡,结果增加了"穗高企划"

的借款。

穗高曾认为,既然棒球电影在美国很受欢迎,那么只要拍出好作品,在日本一定也有市场。我并不那么想。日本的影迷早就对国产影片失去了信心,尤其一听是棒球题材,一定会认为无非是想趁棒球人气捞一笔的肤浅作品。改变这种成见绝非一朝一夕的事。从一开始,我就认为风险太大,但穗高根本听不进去。

棒球题材的小说不畅销,与电影不卖座的原因不同。《大联盟》等美国电影在日本也受欢迎,但从未听说过哪一部以棒球为题材的翻译小说成了畅销书。

我一直认为,既然这些基本道理都没弄明白,穗高根本就不应该去拍什么电影。我并不否认他的才华,但在这个世界上,并非所有事都会顺理成章。

我用叉子卷起辣椒意大利面,斜眼看着穗高。只要三人以上聚在一起,穗高就一定是主角。他滔滔不绝,只讲与自己有关的话题。我真佩服他能有这么多话说,但转念一想,他以前就是这样。

我和穗高大学时都加入了电影研究会。那时,他的梦想是成为电影导演。研究会包括挂名成员共有几十个人,但真正有志于走导演这条路的,我记得只有他一个。

穗高以一种令我们无法想象的方法迈出了实现梦想的步伐。首先是写小说。不仅写,还参加某新人小说奖的评选活动,并获了奖。

作为作家积累了一些成绩后,他开始写剧本,契机是他的小说被拍成电影的时候,他负责编剧。那本小说成了畅销书,电影也受到好评,这使他后来的路变得轻松起来。

七年前,他成立了自己的事务所。这不单是为了避税,更是为在电影领域施展才华做准备。

就在那时,他主动联系了我,希望我能帮他打理事务所。说实话,他的提议正中我下怀,因为当时的我正面临失业。虽然没有立即答应他,但那时我的确处于走投无路的境地。

那时,我在一家制造汽车轮胎的公司当会计。工作很无聊,每天都过得平淡无味,不知不觉就迷上了赌博。我玩的是赛马。一开始小赢了几把,上了瘾,于是每周都购买赛马彩票。但我没有关于赛马的知识和技巧,不,就算有,这种游戏也不可能让你一直赢下去。没多久,我的存款就见底了。

如果当时及时收手也就没什么事,但我满脑子想的都是如何挽回损失,于是开始借高利贷。只要大赢一把,所有问题将会迎刃而解——现在想起来确实很傻,但那时我真是这么认为的,所以就把借来的钱全部投进赛马中。

后来就是老一套故事了。我为了堵住日渐增长的赌债窟窿,开始贪污公司的钱。先建一家影子公司,并伪造出两家公司间的虚拟交易,设法将公司的钱自动转账到影子公司的账户里。因为我熟知老板会检查会计工作的哪部分,只要关键部分的数字没有问题,就暂时不会被发现。

不过,真的只是"暂时"。有一次,因为别的事,检查记录的科长发现了我的非法行为,立即向我盘问情况,我坦白了自己的所作所为。其实,我心理上早有准备。

"这个月内赶紧把钱补上,"科长说道,"如果做到,我就不公开这件事,就我一个人知道。事情解决后你就辞职,这样你还能领退职金。"

估计科长是怕上面追究他监督不严的责任才这么说的，但对我来说真是求之不得。问题是如何才能将那些钱补上。需要还的金额出乎我的预料，足足超过一千万。

见到穗高后，我将这些事毫无保留地告诉了他。如果他觉得不能将事务所交给手脚不干净的人来管理，我就彻底完蛋了。

穗高听完并没有过于惊讶，反而说他会帮我将那些钱补上。"不要因为那点小钱而过于消沉。你和我联手，大赚一笔不就可以了？告诉你，这里的事，比赛马更刺激。"

不仅能还债，还不用因贪污而上法庭，下一份工作也有了眉目——就像是天上掉下了馅饼。于是，我当场就答应与穗高合作。

那时，穗高的日程排得满满的。他不仅是当红作家，还是非常受欢迎的编剧，而且他还打算参与电影的拍摄，因此有必要设立事务所来统一管理。我到事务所后的第一件工作，就是招帮手。

没过多久，我就知道了穗高选我做搭档的理由。有一次，他对我说："下周帮我写两三个故事怎么样？用于秋季单集电视剧。"

我不禁瞪大了眼睛。"故事情节的构思不是你的工作吗？"

"我当然知道，可我实在太忙了，没时间做。你就随便写写，差不多就行。我记得你大学的时候不也写过剧本吗？就从里头挑几个。"

"那种东西在专业领域根本行不通。"

"无所谓，对付对付就可以了。正式作品我之后会慢慢考虑的。"

"既然这样，那我就试试。"

我从自己构思过的故事里找出三篇，整理好后交给了穗高。结果，三个故事均以穗高的名义问世，其中之一作为小说出版。

此后，我也为他提供过几次写作思路。我没有成为专业作家的欲望，而且无论是什么作品，只要以他的名义出版就有销路，因此我没有什么不满。何况，我还欠着他的人情。

穗高的事业可谓一帆风顺，但不知从何时开始变得乌云密布。原因是他开始进军电影制作领域。不仅是原著、剧本，甚至连制片和导演，穗高都想由自己来负责。我的工作主要是找赞助商和银行贷款，辛辛苦苦筹来的钱则被穗高大手大脚地花掉。

这样拍出来的两部电影留下的只有借款。如果我没有把电影票硬塞给赞助企业，情况也许会更糟。

我坚决反对穗高企划继续涉足电影制作。虽然我也喜欢电影，但拍电影毕竟是另一回事。我反对的理由并不在于拍电影赚不了钱，而是怕穗高将精力全部投入到电影中，从而耽误了本职工作——写小说和剧本。实际上，最近两年他几乎没有开展过创作活动。以写作为谋生手段的人不动笔，自然就不会有收入。穗高企划的账户余额眼看越来越少。

但是，穗高的想法正好与我相反。他坚信，若想重回富豪排行榜前列，必须在电影领域取得成功。另外，他还深信，进一步的成功需要有话题支撑。

于是出现了神林美和子的名字。

穗高对她感兴趣，仅仅因为她是一个引人瞩目的女诗人，除此之外没有任何理由。他拜托同为两人编辑的雪笹香织安排见面。

我不大清楚后来的详细情况。当我注意到时，他们已是恋人关系。不仅如此，他们还决定结婚。

我不是很了解神林美和子这个女人，确切地说，是基本上不了解。但我觉得她作为女人，并不具有让穗高决定再婚的魅力，反而缺乏关键性气质。她的五官很端正,但看起来并不是女性天生拥有的那种美感,而是一种美少年的俊秀。将女人比喻成美少年虽然不甚恰当,但作为正常男人的我没能从她的身上感觉到异性的魅力。见到妙龄女郎,往往会联想到对方的裸体,而我对她从没有过那种冲动。可以说,我对她根本就没感觉。

当然,有人可能就喜欢这种类型,但据我所知,穗高决不会追求这种类型的女人。所以,当听到他们在恋爱的消息时,我就有一种不祥的预感。

确信自己的预感没错,是听到穗高说要将她的诗改编成电影的时候。"我要拍成动画片,肯定受欢迎。"我忽然想起了穗高站在书房窗边挥舞双拳慷慨陈词的样子。"我已经和制作公司打好招呼了,可以马上开始行动。这次一定能时来运转。"

第一次听到这些话时,我觉得全身的汗毛都竖了起来。"她同意这么做吗?"我问道。

"我会说服她的,我可是她未来的丈夫。"穗高抽着鼻子说道。

看着他的表情,我开始想象一件事,并以开玩笑的语气问他:"听你这么说,我怎么觉得你和她结婚就是为了这个。"

"怎么会?"穗高苦笑着说道。他的笑让我放心了。但他又接着说道:"我总觉得这件事能够改变我的运势。"

"运势?"

"那个女人很特别。"他说道,"在这个时代,写诗能够受到好评,一定是有什么特殊的才能。她的人气一定不会稍纵即逝。这样的宝贝放在自己身边绝无坏处,我们一定也能沾光。"

"我总觉得你结婚的动机不纯……"

"当然不仅仅是因为这个。但有一点能肯定，如果她只是一个叫神林美和子的普通白领，我决不会和她结婚。"

或许看到了我厌恶的表情，穗高低声笑着说道："别这样看不起我，我到了这个岁数才决定再婚。除了喜欢，有点附加条件也不算过分。"

"你是真心喜欢她吗？"

"当然喜欢了。最起码比起别的女人，我更喜欢她。"穗高一本正经地说。

当时的这番对话就已经令人不愉快，但没多久又发生了令我更为寒心的事。有一次聊天时，我说不能与神林美和子离婚，否则只会损害他的声誉。

"目前还没有这种想法，我也不想重蹈覆辙。"说完，穗高犹豫片刻，接着说道，"但有件事总觉得有点不对劲。"

"什么事？"

"美和子的哥哥。"穗高回答道，他的嘴角有点扭曲。

"她哥哥怎么了？"

我一问，穗高露出一丝冷笑，眼神就像某种爬行动物。"那个人一定迷恋着自己的妹妹，绝对没错。"

"什么？"我张大了嘴，"他们不是亲兄妹吗？"

"他们长年以来都是分开生活的。我当然不是听美和子亲口说的，但我能从话里察觉到，她哥哥绝对是将她作为一个女人看待的。我亲眼见到他后就更确信了。"

"不会吧，是不是你的错觉？"

"等你见到他就知道了。哥哥一般不会用那种眼神看自己的妹妹。

说不定，美和子也是将哥哥作为异性看待的。"

"你可真说得出口。"

"我觉得她的神秘感也许就在这里。再说，与我结婚之前，她和谁谈恋爱与我没关系，即便是和与她有血缘关系的亲哥哥。我只祈祷他们没有发生过性关系——怎么了，你哪儿不舒服吗？"

"我觉得有点恶心。"

穗高无声地笑了笑。"男人和女人的事情，谁也说不准。今后我和美和子也许会分手，到时候我会提这件事。然后我就说，因为一直在意这件事，心情一刻也没有舒畅过……多煽情啊！一定会引起人们的强烈关注。"

听着这番话，我只觉得脊背发凉。虽然不知道为什么会有这种感觉，但我觉得这一切都不正常。

3

上衣口袋里的手机响了，我好像忘了关机。正是大家各自品尝主菜的时候，我的盘子里放有三只淡水虾。穗高一脸不悦。

"失陪一下。"我起身朝洗手间方向走去。走到不会被客人看到的角落，我按下通话键。"喂，你好。"

开始听到的是杂音，然后传来了纤弱的声音："喂……"

我立刻猜到是谁。"是准子吧？"我用平静的口气问道，"有事吗？"

"那个……诚……"

"什么?"

"请转告诚,说我在等他。"准子边哭边说,我能听到她抽泣的声音。

"你在哪儿?"我问她,但没有收到回答。我感到十分焦躁,生出一种不祥的预感。"喂,准子,听见没有?"

她好像说了些什么。

"你说什么?"我又问了一遍。

"……堇,很美。"

"什么?什么很美?"我再次问的时候,电话已经断了。我一边将手机放回口袋一边琢磨。准子到底是从哪儿打来的电话?为什么会打电话?还说什么很美……

正要回到餐桌时,我的脑海中瞬间浮现出一个想法。之前的杂音就像过滤了一样,逐渐变成了清晰的语言。

她说的是三色堇。三色堇很美。

黄色和紫色的花瓣浮现在眼前,我快步回到餐桌。"穗高,有点事……"我站在他身旁小声说。

穗高立刻皱起了眉头。"什么事?就在这儿说吧。"

"在这儿不方便,你过来一下。"

"真受不了,到底是谁的电话?"穗高用餐巾擦擦嘴,站了起来,"不好意思,请慢用。"这是对神林贵弘说的。

我将穗高领到方才接电话的地方。"快回家看看。"我说道。

"为什么?"

"浪冈准子在等你。"

"准子?"穗高咂了咂嘴,"差不多就行了,这件事不是已经说好了吗？"

"她有点不对劲，现在好像就在你家院子里。她说等着你。"

"等也没用。那个女人，真是……"穗高伸手摸着下巴说道。

"总之，赶紧回去看看。你也不想让人看到她在你家吧？"

"真受不了。"穗高咬着嘴唇，心神不定地四处张望，然后像是下了什么决心似的看着我说道，"你去看看吧。"

"她等的可是你。"

"这里还有客人，我能放下不管吗？"

"客人？"我不知所措，呆若木鸡。我万万没有想到，他竟然视神林贵弘为客人。能够一本正经地说出这种话，我真怀疑他的精神是否正常。

"拜托了，"穗高将手搭到我的肩膀上，一脸谄媚地说道，"你想办法赶走她。你不是比我更了解她吗？"

"穗高……"

"美和子她们会觉得奇怪的。我回去了，你去家里看看吧，我会帮你圆场。"穗高说完，没等我回答就回到了餐桌旁。我连叹口气的力气都没有了。

从餐厅出来后，我走到大街上，打了辆出租车。想到准子正怀着怎样的心情等待穗高，我的胸口便针扎般地疼。事情发展到这种地步，其实与我也有关。

我和准子相识比穗高要早。我们住在同一栋公寓，有一次，她在电梯里主动和我搭话。当然，那绝非因为她看上了我这个三十多岁的老男人，而是因为我手中的兽笼。里面有一只雌性俄罗斯蓝猫，就是现在仍和我一起生活的那只。那栋公寓允许养宠物。

它好像感冒了——这是她搭话的内容。

"能看出来吗？"我问道。

"是的。去过医院吗？"

"还没有。"

"最好尽快带它去医院。若不嫌弃的话，请收下。"说着，她递给我一张名片。上面印着宠物医院的名字，她在那里当助理。

第二天，我带着猫去准子工作的宠物医院。她好像记得我，见到我便露出了微笑，非常阳光。

我的猫是那天最后一个患者，于是看完病后我们聊了一会儿。她是个天真烂漫又爱笑的姑娘，她的开朗抚慰了我。但一提到动物，她就变得非常认真，特别是提到不负责任的宠物主人时，她会握紧放在膝盖上的双手。这种对比让我感到她很特别。

我以猫为借口，又去了几次宠物医院，后来约她一起喝茶。她并没有拒绝我。在咖啡店，她和在医院时一样，仍以开朗的态度对待我。

我清楚地意识到自己喜欢上了准子，可近十岁的年龄差让我不敢采取过于积极的行动。此前我从未与这么年轻的女子交往过。

有一次，我们谈到了我的工作。在那之前，我从未详细介绍过自己工作的具体内容。

听到穗高诚的名字，准子的眼神都变了。"我很迷那个人！哇，骏河先生原来在穗高诚的事务所工作啊！真没想到，太厉害了！"她双手握拳在胸前摇晃。

"既然是如此忠诚的拥趸，下次把你介绍给他怎么样？"我随口说道，当时根本没有想那么多。

"真的吗？会不会给你添麻烦……"

"不会，他的日程都是由我管理的。"我装模作样地掏出记事本，让她看了日程安排。现在想来真是愚蠢透顶。有那种沾沾自喜的闲工夫，还不如想想办法约她去开房。

几天后，我带着准子去了穗高的家。准子是个美人，果然如我所想，穗高没有任何不愉快的表情。那天晚上，我们三人去外面吃了饭。准子的表情像是在做梦一样。

吃完饭，我准备送她回家时，穗高在我耳边小声说道："这个姑娘真的很不错。"

我看向穗高。他紧紧盯着走在前面的准子的背影。

两个月后，我发现自己做了一件天大的错事。有一天去穗高那里，我看见准子坐在客厅，还给我和穗高端来咖啡。看着她在厨房忙碌的身影，我知道是怎么回事了。

我装出没有受到任何打击的样子，用一种揶揄的语气问穗高："什么时候开始的？"

"大概一个月前。"他回答。这时，我终于想起来了，准子拒绝我的邀请大概就是从那个时候开始的。

我不知道穗高的情况，但是准子不可能没有察觉到我对她的好感。她肯定觉得对不住我。

有一天，只有我们两个人的时候，她小声地对我说："对不起。"

"没关系。"我说。我没有任何理由指责她，只怪自己行动太慢。

但是几个月后，我再次后悔。根本不应该让他们两个人相识。准子怀孕了，穗高找我商量究竟应怎样处理这件事。

"帮我想想办法，她说非生不可，怎么劝都不听。"穗高似乎无计可施，躺在客厅的沙发上说道。也许真是头疼，他按着眼角。

"你让她生不就行了?"我站着俯视他。

"开什么玩笑!我可不想要小孩。喂,你快帮我想想办法。"

"你不打算结婚吗?"

"没想过那么多。当然,也不是随便玩玩。"后面那句也许是熟知我的性格才补充的,"总之,我不喜欢先斩后奏。"

"你难道就不能以此为契机结婚?这样她也会心安。"

"知道了,就这么办,这样也不错。"他站了起来,"帮我好好说说,千万别把事情闹大。"

"你真的是认真的吧?"

"嗯,当然。"他使劲点了点头。

当天晚上,我就去了准子的家。她知道我为何而来,看到我就说:"我决不会去堕胎。"

然后就是漫长的劝说。这可真不是什么好差事。我之所以一直没有放弃,是因为我觉得堕胎对她更有利,她没有必要和穗高如此纠缠。可悲的是,为说服她堕胎,我答应她一定尽力促成她与穗高的婚事。

流了很多泪水后,准子答应去堕胎,我也累得筋疲力尽。几天后,我陪着她去了妇产医院。又过了几小时,我开车送刚做完手术的她回家。她呆呆地望着窗外,脸上已经看不到初次见面时的那种生气。

"我一定会让穗高遵守诺言。"我说道。她什么也没有说。

不过,穗高根本没有履行他的诺言。没过几个月,他决定和神林美和子结婚。知道这件事后,我问他打算怎么处理与准子的关系。

"我会跟她解释。没办法,我不可能与两个女人结婚。"穗高说道。

"你会和她讲清楚吧?"

"我是有这个打算。"他不耐烦地回答。

但是他根本就没对准子做过任何解释。直到最近,准子还以为自己能够成为穗高的妻子。

白天看到她时的那双空洞的眼睛再次浮现在我眼前。

出租车来到穗高家门前,我拿出一张五千元纸币给司机,没等找零就下了车,快步登上玄关的楼梯。大门紧锁,穗高从没将家里的备用钥匙给过准子。

我来到院子,因为想起了她说的三色堇。

看到院子的那一刻,我动弹不得。

修剪整齐的草坪上似乎铺着一块白布。仔细一看,是准子。她仍然穿着之前那件白色连衣裙。

不同的是,她蒙着白色面纱,右手拿着花束。部分面纱翻卷,她那消瘦的面庞露了出来。

雪笹香织之章 一

1

海胆意大利面的味道很一般,太咸,不大符合我的口味。鲈鱼也一样,吃下后嘴里没有丝毫余香。也许和我吃得心不在焉也有关系。

骏河直之的手机响后,我有了一种预感,脑中浮现出刚才那个女子的白色连衣裙和苍白的脸。她以绝望的眼神凝视着穗高。

看到穗高震惊的表情和骏河惊慌失措的模样,我立即意识到她的身份。如果神林贵弘当时不在场,我一定会向穗高刨根问底。

打完电话后,骏河板着脸将穗高叫了出去。我想,肯定是那个女子说了让他左右为难的话,否则没有任何理由让正在和神林美和子吃饭的穗高离开餐桌。对他们来说,现在最重要的理应是神林美和子。

"看来相当忙啊。"美和子对我说。

"是啊。"我回答。美和子过于纯真,完全不懂得怀疑人,即使是面对穗高这种男人。这一点令我感到烦躁。

没多久穗高回来了。他看上去有点不安,一坐下就看着神林兄妹说道:"骏河忽然有急事,不得不中途离席,真是不好意思。"

"骏河先生太辛苦了。"美和子看着穗高,眼睛就像漫画中的少女一样炯炯有神。

"业务拓展得过于宽泛,只能辛苦他了。"说着言不由衷的话,穗高面带微笑看着明天的新娘。那可是他引以为傲的笑容,无论是什么样的女人,一般都会上一次当。

想起骏河直之那消瘦的脸庞,我不禁暗暗同情他。虽然不知道究竟发生了什么事,但这会儿他一定是为了收拾穗高的烂摊子,汗流浃背地四处奔波。

吃完甜点,正在喝咖啡的时候,年轻的服务员弯着腰走近穗高,小声对他说:"有您的电话。"

"电话?"穗高的表情有些困惑,然后苦笑着对美和子说,"肯定是骏河那家伙,可能是又出什么错了。"

"快去接电话吧。"

"嗯,再次失陪一下。"穗高站了起来,"实在不好意思,大哥,三番五次这样。"

神林贵弘简短地回答"没关系"。很明显,这个帅哥对穗高没有什么好感。用餐时,他基本没开口。

"到底发生了什么事呢?"美和子看着我,似乎有些不安。她当然不知道那个幽灵般的女人曾伫立在穗高家的院子里。

我说我也不知道。

没多久穗高回来了。从他的表情可以断定,肯定发生了什么不寻常的事。虽然他仍面带微笑,表情却很僵硬,而且目光游移,呼吸急促。

"怎么了?"美和子问道。

"没什么……"穗高的声音有些沙哑,这很罕见,"咱们走吧。"他根本就没有坐,而是站着说道,看来很着急。

我故意慢腾腾地端起了咖啡。"再坐一会儿吧。难道你有什么急事吗?"

穗高瞪了我一眼,也许察觉到了我轻微的恶意。我佯装不知,继续品尝着没剩多少的咖啡。

"我还有很多事需要处理,另外还得收拾旅游用的行李。"

"我来帮忙吧。"美和子立即说道。

"不,怎么能麻烦你呢。这点事我自己可以解决。"穗高又看向神林贵弘,"您知道去酒店的路吗?"

"有地图,应该没问题。"

"好的,那我就让服务员从停车场把车开过来吧。能借用一下车钥匙吗?"

穗高接过神林贵弘递来的车钥匙,放进上衣口袋,快步向门口走去。我紧跟在他身后。

"这边由我来吧。"我小声对他说。我是指结账。

"不,不用。是我约你们出来的。"

"可是……"

"没事。"穗高将金色信用卡交给服务员,然后将两把车钥匙交给另外一个服务员,让他把车开到餐厅门口。另外一把车钥匙是穗高的,我们是分乘两辆车来的。

"出事了?"我一边留意美和子他们,一边问道。

"没什么。"穗高冷冷地回答,眼神透着焦虑。

"雪笹姐,"美和子在后面叫我,"你一会儿去哪儿?"

"我……"我倒是没什么安排,但脑中忽然闪过一个念头,"我得回趟公司,把刚才拿到的随笔交给排版部。"

"那和我们坐一辆车吧?正好顺道经过公司。"美和子亲切地说。

"不好意思,去公司前,我得先去另一个地方。"我合掌表示歉意,"过一会儿我会往酒店打电话。"

"好的,我等你的电话。"美和子莞尔一笑。

两辆车开到餐厅门口需要几分钟。这几分钟对穗高来说好像特别漫长,他不断地看表,就连美和子跟他说话他也心不在焉。

车开过来后,穗高像是赶神林兄妹走一样,催促他们上沃尔沃。

"那么,明天见。"美和子隔着车窗说道。

"嗯,今晚就好好休息吧。"穗高笑着答道。这种时候他仍能表里不一,真是有本事。

沃尔沃拐过前方路口后,穗高的笑容也随即消失。他连看都不看我,径直走向自己的奔驰车。

"看来有什么急事啊。"我在他背后说。他不可能没听见,却没有回头。

目送奔驰车随着引擎声快速离开,我朝相反方向走去,却一直没有见到空的出租车。过了十多分钟,好不容易才来了一辆。我招手示意,说:"去石神井公园。"

望着窗外不断变化的景色,我思索着自己究竟在干什么。夜幕已经降临。我想起了穗高那薄薄的嘴唇,还有他那略尖的下巴、挺直的鼻梁和精心修过的眉毛。

虽然短暂,但我曾有过一个梦想,就是成为穗高的妻子。我从未想过辞掉工作,但那时还真想象过自己从早到晚系着围裙忙碌的样子。现在想起来，只能说太天真了。

成为穗高的责任编辑是我到文艺部的第二年。我原本只知道这个人颇有才华，但第一次见到本人后，他在我的脑海中留下了另一种截然不同的印象。我发现，作为异性，他也很有魅力。现在一想，不禁觉得好笑。

我并不知道他是从何时开始将我当成一个女人看待的。第一次见面时，他或许就有了想法，早晚要把我追到手。他的确成功地打动了我的心，就像是电脑忠实地完成既定程序一样。

"要不要去我那儿再喝一杯？"一次公司聚餐后，在银座的一家酒吧喝鸡尾酒时，他问我。他说他不喜欢在有女招待的地方喝酒。至少，他对我是这么说的。

当时他还没有离婚，但在新宿另租了一套房子作为工作室，理由是不想混淆事业与家庭。

其实，我可以随便找个借口拒绝他。而且我相信，只要拒绝一次，他肯定不会再纠缠。但与此同时我也知道，如果拒绝，他今后再也不会邀我。

我最终还是去了他的住处。原来是打算再喝一杯，但实际上只喝了半杯波本威士忌，因为很快我们就上了床。

"我可不是随便玩玩。"我说道。

"我也是，"穗高说，"所以你要做好心理准备。"

真是恬不知耻。

三个多月后，穗高告诉我他准备离婚。当时我们的关系已经非常亲密。

"我的婚姻早就出现了问题，绝不是因为你，别担心。"我问到

57

离婚的原因时，他有些生气地这么说。我甚至很感激他这么回答，还以为他是为我着想才这么说的。

下一句话更是让我欣喜若狂。"当然，如果没有你，我不一定能下这个决心。"

说这番话的时候，我们在一家酒店的咖啡厅。如果当时我们俩是在房间独处——不，就算是咖啡厅，如果没有其他人，我可能会情不自禁地搂住他的脖子。

我们的关系前后持续了快三年。说实话，我一直在等他向我求婚，但从未催促过他。我全然不知一个人离婚后需要多久才能摆脱前一段婚姻的阴影。可我知道，这种性格只会让自己吃亏。若真想结婚，就要抛掉某种矜持，可我至多就是半开玩笑地说，与其当一辈子编辑，不如找个人嫁了。每当这时，穗高便笑着说，你明明就没有那种心思，还说，你肯定不是那种心甘情愿当家庭主妇的类型。他很清楚，只要这么说，我就不会继续纠缠结婚的话题。

当我担心我们今后会发展到什么样时，他提出了一个令人意外的要求，希望我能把神林美和子介绍给他。

美和子原本是我妹妹的朋友。妹妹将美和子写的诗拿给我看，我和美和子就这样认识了。我被美和子的诗里蕴含的激情、悲伤、苦闷深深地迷住了。直觉告诉我，这些诗一定有价值。

按理说，出版一个无名女子的诗集是不大可能的，但我的出版计划得到了公司的支持。最初面有难色的上司们似乎也被美和子的诗打动了。

但说实话，我真没想到诗集会那么畅销。起初只是希望能得到一些关注，万万没有想到诗集中的一些语句成了流行语。其他出版社也纷纷效仿，陆续出版相似的书。

一夜之间，神林美和子成了名人。很多电视台都希望采访她，当然，其他出版社也争先恐后地与她接触。

美和子并没有背着我私下接活儿。她希望采取所有的事情都由我经手的工作模式。不论什么工作，不经我的同意，其他人就没法与美和子取得联系。其他出版社的同行高看我一眼，与我和美和子的这层关系不无关联。

我问穗高为什么想认识她，他说就是比较感兴趣，能不能帮他联系一下。其实我也没有什么特别反对的理由，只是有种不祥的预感。

穗高应该也不是一开始就有把她追到手的想法，顶多是看看能否在电影方面利用她一下。我知道，他想在电影界挽回声誉。

始料未及的是事情竟然会朝着完全出乎我意料的方向发展。第一次产生这种感觉，是美和子打来电话的时候。她说穗高约她吃饭，她不知道该怎么办。可听她的口气，我察觉到她很想赴约。这更让我感到烦躁。

我和穗高取得了联系，想问他到底是什么意思。他好像预料到我会找他，并没有吃惊。

"我不是说过，有关工作的事情必须通过我吗？"

听我这么说，他好像早已想好似的，果断地说："这跟工作没关系。我只是想和她私下见个面。"

"那是什么意思？"

"没别的意思，就是想和她一起吃顿饭，仅此而已。"

"这……"我极力控制情绪，问道，"不知是不是我太笨，误会了什么。听你的口气，我怎么觉得你对神林美和子很感兴趣？"

"你没误会,的确是这样。"他说道,"我对她很感兴趣——对异性的那种兴趣。"

"你真好意思说出这种话!"

"我倒想问问你,如果我喜欢上另外一个女人,我该怎么办?难道为了你就忍着?我们又没结婚!"

我们又没结婚——这句话深深地伤害了我。

"就是说……你喜欢她。"

"我不否认对她有好感。"

"她可是我负责的作家。"

"碰巧而已,不是吗?"

"这么说,"我咽了口唾沫,"你不要我了?"

"我不知道对神林美和子这个女人的兴趣是否会变得更强,但如果想和她单独吃饭,就必须和你分手,只能这样了。"

"我明白了。"

这些就是结束近三年恋情时的对话。当初约美和子时,穗高肯定知道会出现这种局面。他早料到我不会大哭大闹、纠缠不休。我明知他已预料到这些,却没想出对付他的其他方法。另外,他还料到一件事——我不会对美和子说出我和他之间的关系。不但不会说,还一定不会阻止他接近美和子。

事实的确也是这样。我对美和子什么也没说。她问过我几次"穗高先生人怎么样",我没对她说真心话,只是淡淡地说,我跟他只是工作关系,因此不了解他的为人。

一方面,我实在无法抛弃自尊心,另一方面,基于一个完全不同的原因,我不想打扰美和子和异性交往。

那个原因，就是神林贵弘。

第一次见到他时，我就看出，他对美和子的爱与对待妹妹的情感有本质上的不同。我终于明白,为什么之前每当听美和子说起他时，总会有一种奇怪的印象——似乎她对自己的亲哥哥也抱有特殊的情感。这种印象至今也没有变。我甚至觉得,她那独特的感性和表达力，极有可能源于这种情感。

这样的美和子对哥哥以外的异性感兴趣是非常难得的。通过这种变化，她一定能获得新的人生。她不可能因此变成一个平庸的女人，或失去才华，她具有的能量绝对没有那么脆弱。就算她变得平庸也没办法，只当是为得到宝贵的东西而付出的代价。区区一个编辑，不能因为怕卖不了书而干涉她人生的转折点。毕竟我很喜欢美和子，衷心希望她能得到幸福，仅此而已。

穗高这次能表现出多大诚意，对我来说至关重要。我为他和美和子牺牲的实在太多。如果他只是想利用我，我决不会原谅他。

前方看到了穗高的家。我把手轻轻放在小腹上。不知为何，感觉那里有点痛。我对出租车司机说："麻烦您在这里停车。"

2

天色已完全变黑，但穗高家的门灯并没有亮。家门前停着他的奔驰，车里没有人影。

门旁的信箱里塞着社区信息传阅板，看来目前穗高连取这个的时间都没有。我刚想按门铃，又慌忙缩回了手。如果发生了什么不利于他的事，就是按门铃也会吃闭门羹。

我轻轻地推了推大门，没想到门轻易地开了。我蹑手蹑脚地走上玄关的楼梯，绕到院子里。由于四周有高墙，路灯照不到里面，院子很昏暗，但能看到从客厅漏出的一丝光线。

我注意着脚下，向前走去。落地窗的窗帘拉着，但留有缝隙，光是从那里漏出来的。我将脸靠近那个缝隙。

可以看到穗高的身影。他正用透明胶封一个大纸箱，箱子是原来装洗衣机用的。我听美和子说过，在开始新生活前，他换了几件电器，估计洗衣机是其中的一件。

可现在封纸箱，怎么想也觉得不对劲。穗高没有一点平时从容不迫的样子，反倒是很久没见过的严肃。我把眼睛尽量靠近缝隙，想看看里面到底发生了什么，但并没到其他特别的东西。

这时，我忽然听到门口停车的声音，接着好像有人上了玄关的楼梯，然后又听到开门并进屋的声音。客厅里的穗高并没有慌张，他好像知道进来的人是谁。

不久后出现在客厅的，如我所想，果然是骏河直之。骏河的表情也非常严肃。因为离得很远，看得不是很清楚，但我能感觉到他的眼睛布满了血丝。

两个人交谈了几句，忽然看向这边。穗高甚至还大步走过来。

我以为自己被发现了，赶紧来到与玄关相反的方向，躲在房子的阴影处。接着，传来了开窗户的声音。

"看来只能从这儿出去了。"穗高说。

"这样比较好。"骏河应道。

"开始搬吧。车停在大门外吗？"

"嗯。这个箱子结实吗？"

"没问题。"

过了一会儿，我向内窥视，看见两个男人抱着方才的纸箱从客厅走了出来。前面的是骏河，后面则是穗高。

"没想到还挺轻的，早知道这样，我一个人也没问题。"穗高说道。

"那你自己搬。"骏河说道，他似乎很生气。

窗户开着，说明肯定会有人回来，所以我决定再观察一会儿。

果然，没多久穗高就回来了。我缩回了头。他从院子进了客厅，很快我便听到关窗户的声音。确认窗帘已经拉上后，我绕回玄关。

门口停着一辆道奇凯领，骏河坐在驾驶座，刚才的纸箱应该在车厢里。

不一会儿，传来了开玄关门的声音，接着是锁门声。穗高走下楼梯。

"管理员呢？"穗高问道。

"他很少在那里，估计今天也不会在。"

"是住在三楼吧？离电梯远吗？"

"就在电梯旁边。"

"谢天谢地。"

穗高坐进了奔驰。仿佛是等着这一刻，凯领的引擎发动，开了出去，奔驰则紧随其后。我从院子来到玄关前，走下楼梯。两辆车的尾灯早已消失在夜色里。

我想了想，掏出随身携带的记事本，翻到地址栏，找出骏河直之的名字。从两个人的对话可以推测，他们要去的是骏河的公寓。

骏河的公寓就在练马区。奇怪的是，他应该是住在五〇三室，但穗高刚才说的是三楼。想也没用,我决定走到能打车的马路。

告诉出租车司机具体地址后,司机在目白路附近让我下了车。他告诉我,旁边就是图书馆。

看着贴在电线杆上的路标边走边找,我很快发现路旁停着一辆熟悉的奔驰,无疑就是穗高的那辆。环视四周,我终于发现了要找的那栋公寓。公寓有五六层高,小巧雅致。

绕到公寓正面,我看到门口停着那辆凯领。车厢门是开着的,但并没有见到两个人的身影。

公寓的自动上锁式的大门没关。我刚想这是进去的最佳时机,正对的电梯门开了。

看到电梯里的人是穗高和骏河,我急忙跑开。路旁停着一辆车,我便躲到了车身后面。

两个人装作素不相识,从公寓里走了出来。穗高快步离去,骏河则绕到凯领后面。他把手里折好的纸箱放进后备厢,关上了后备厢门。

确认凯领已经消失在建筑物的拐角处,我从藏身的车后走了出来,站在公寓的正门前。自动上锁式的大门仍然开着。

我下定决心走了进去,进了电梯后毫不犹豫地按了三楼。

从电梯出来,我看到对面有一扇门,没有挂门牌。我按了按门铃,想着如果有人出来该说些什么。难道问对方是否认识穗高和骏河?

事实证明我想得太多了,因为里面没有任何反应。我仔细观察门缝,没发现锁上门后理应能看到的金属部件。

犹豫片刻,我握着门把手转动了一下,然后拉开了门。

首先看到的是扔在换鞋处的白色凉鞋。我将视线移向屋内。一进门是三叠大小的厨房,再往里才是房间。

那里倒着一个人。

3

那个人穿着白色连衣裙,很眼熟,就是白天在穗高家院子里见到的那个幽灵般的女子。

我脱下鞋,战战兢兢地靠近她,脑中浮现出一种预感。这种预感在看到穗高封纸箱时已经有了大致的轮廓,但由于太不吉利,加上难以置信,我没敢想下去。

站在铺着木纹地板革的厨房,我俯视着倒在房间里的女子。她苍白的脸庞已没有丝毫生气。

我按住胸口,努力调整呼吸。不知是心脏跳得太快还是过度紧张,有种反胃的感觉。另一方面,身为编辑,我的职业敏感性告诉我,这种事很少能遇到,应牢牢记住。

里间是一个六叠左右的西式房间。靠墙有个小衣柜,可能是因为衣服放不下,衣柜前面摆着的简易衣架上也挂满了衣服。对面的墙边则放着梳妆台和书柜。

女子身旁有一张玻璃茶几。看到上面有东西,我靠近茶几。

首先看到的是一张摊开的纸,是夹在报纸中的那种传单,背面用圆珠笔写着字,内容如下:

> 我只能以这种方式表达我的心意。

我先去天堂等着。

我相信，不久后你也会过来的。

请把我的身影烙印在你的眼中。

准子

这无疑是一封遗书，而文中的"你"显然是指穗高。

遗书旁摆着一个眼熟的瓶子，是穗高经常服用的鼻炎药的药瓶。旁边还有一个装着白色粉末的瓶子，看标签，是常见的维生素的药瓶。但这些粉末显然不是维生素，因为维生素应该是红色的药片才对。药瓶边上还有一粒被一分为二的空胶囊，和穗高的鼻炎胶囊完全一样。

我忽然明白了。我打开鼻炎药的药瓶，将里面的胶囊倒在手中，共有八粒。仔细一看，每一粒胶囊好像都曾被打开过，表面还有一层薄薄的白色粉末。那么——

胶囊里面的药粉，早已被这些白色粉末替代。

就在这时，我听到有人从外面的电梯出来了。直觉告诉我，不是穗高就是骏河回来了。

匆忙间，我将一粒胶囊放进上衣口袋，把剩下的放回瓶子里，然后躲到了简易衣架的后面。我今天一直都在躲。

我刚弯下腰，就听见了开门声和进屋的脚步声。我从衣服缝隙看过去，骏河一脸疲惫地站在那里。他的目光转向这边，我急忙低下头。

没多久，传来了抽泣声，还有"准子，准子"的低喃，听起来就像小孩子躲在墙角哭泣一样，微弱得让人无法想象那是骏河发出的声音。

随后是轻微的声响。是开瓶子的声音。

我想看看到底发生了什么,刚抬起头,搭在衣架上的帽子掉了下来。骏河的声音戛然而止。

接着便是令人无法忍受的沉默。我看到他的眼睛一直盯着这边。

"对不起。"我说着站了起来。

骏河睁大了眼睛,看得出他脸颊湿润。他双膝跪地,右手搭在女子的肩上,还戴着手套。

"雪……笹……"他好不容易发出声音,"你怎么会……在这里?"

"对不起,我一直在跟踪你们。"

"什么时候开始的?"

"从头到尾。我觉得穗高先生的样子不对劲,就去了他家,然后看见你们在搬一个大箱子……对不起。"我又小声重复了一遍。

"这样啊。"我感觉到骏河已经放松了警惕,他看着倒在地上的女子说,"她已经死了。"

"看来是。是在他……穗高先生家死的吗?"

"是在院子里自杀的。之前给我打过电话。"

"啊,就是那个时候……"

"估计你也能猜到,她以前和穗高交往过。"骏河用指尖擦了擦眼睛,似乎想擦掉泪痕,"他要结婚,对她打击太大,就自杀了。"

"真可怜,就为了那样一个男人。"

"是啊,"骏河深深地叹了口气,然后揪了揪头发,"那样的男人,根本不值得为他自杀。"

你是不是喜欢过她——我很想问他。当然,根本不可能那样问。

"为什么把尸体弄到这儿来?"

"是穗高出的主意,说是明天就要结婚了,结果发现院子里有人自杀,他可受不了。"

"哦,那打算什么时候报警?"

"不报。"

"什么?"

"他说不报警,等着尸体被发现就好了。穗高认为他和准子并无关系,既然没关系,说不知道有人死在这里也是正常的。"骏河的脸痛苦地扭曲着,"可能是不想让警察妨碍他度蜜月。"

"啊……"一团乌云逐渐笼罩住我的心。在我心里,有一个即使面对这种事也能保持平静的自己,和另一个逐渐变得混乱的自己。

"她叫准子……是吗?"我盯着遗书说道。

"浪冈准子,波浪的浪,山冈的冈。"骏河生硬地说道。

"警察一定会调查准子自杀的动机。这样一来,也能查清她与穗高先生的关系,是吧?"

"说不准,但也不是不可能。"

"如果真是那样,是瞒不住的。他是怎么打算的?"

我刚说完,骏河忽然笑了起来。我吓了一跳,以为他疯了。可仔细看了看他的脸,发现他是在苦笑。

"到时候就说是我。"

"嗯?什么意思?"

"到时候就说和她交往的是我,我因为厌倦把她甩了。由于受的刺激太大,她才自杀——穗高让我这么说。"

"哦。"亏他想得出来,我可真服了。

"那封遗书就在她身旁,你看看,是不是没有收信人的姓名?"

"对。"

"其实是有的,在最上面,写着'穗高诚先生亲启'。但是穗高用美工刀把那部分整齐地裁掉了。"

"哼。"我不禁摇了摇头,"那你呢,情愿这样做?"

"不情愿。"

"但还是会顺从,是吧?"

"如果没打算顺从,根本就不会把尸体搬到这儿。"

"……也是。"

"有件事,希望你能答应我。"骏河看着我说道。

"什么事?"

"刚才听到的这些,希望你走出公寓就忘掉。"

我轻声一笑。"如果我告诉警察,你们做的一切就没意义了。"

"你能守约吧?"骏河看着我的眼睛说道。

我点了点头。并不是他的忠心感动了我,我只是想留一张王牌在手中。

"我们赶紧离开这儿吧。磨磨蹭蹭的,万一有人来可就完了。"骏河起身说道。

"告诉我,准子和穗高先生交往了多久?关系到了什么程度?"

"确切的时间可记不清了,不过绝对有一年以上,直到最近他们还在交往。她一直认为自己是穗高的女友。至于亲密程度,她是考虑过和穗高结婚的,毕竟怀过他的孩子。"

"什么……"

"后来堕了胎。"说完,骏河点了点头。

乌云再次笼罩住我的心。怀过他的孩子——我不由得把手放到小腹上。那种悲戚和痛苦原来她也经历过。

与穗高分手后没多久，我发现自己怀孕了。我没有向他提过这件事，因为我不想以怀孕为武器让他回心转意，我也知道他不是会因这种事就改变主意的人。

当我忍受痛苦时，除了美和子，他还和另一个女人保持着联系，并让她怀上了孩子。对他来说，我不过是根本没打算结婚却怀孕的女人之一。

"我们走吧。"骏河拉着我的胳膊说道。

"她的死因是……"

"应该是服毒自杀。"

"那些白色粉末就是毒药？"我看着茶几问道。

"可能是。"

"旁边的那个药瓶和穗高先生的一模一样，但胶囊里的粉末好像不是鼻炎药。"

听我这么一说，骏河叹了口气。"你看过了？"

"刚才看过。"

他把装有胶囊的药瓶拿在手中："这个原来在她拿着的纸袋里。"

"她为什么会做这种东西？"

"肯定是……"说到这里，骏河就不说了。

我决定替他说完。"她是想让穗高先生吃，于是用假的替换真的。"

"估计是这样。"

"但是没能成功，所以决定自己去死。"

"如果她真是这么打算的，"骏河小声说道，"我会给她提供替换的机会的。"

我看了看他的脸,问道:"你说真的?"

"你觉得呢?"

"不知道。"我耸了耸肩。

"快走吧,待久了太危险。"骏河看了一眼手表,推着我说道。

穿鞋时,骏河一直盯着我。"原来这是你的鞋。她从没穿过菲拉格慕的鞋。"

我想,他还挺了解浪冈准子。

"你没碰过其他地方吧?"他问我。

"什么?"

"留下指纹可不行。"

"哦。"我点了点头,"碰过门把手……"

"看来不自然也没办法了。"他用戴着手套的手擦了擦门把手。

"还有刚才那个瓶子。"

"那可不行。"骏河又擦了擦鼻炎药的药瓶,让倒在地上的浪冈准子握了一下,然后放回茶几上。

"对了,得把这个拿走。"他将插在墙壁插座上的电线拔了下来,是手机充电器的电线。

"手机充电器怎么办?"我问他。

"她给我打电话时用的是穗高以前给她买的手机。那部手机不仅是用穗高的名字登记的,话费也由他来付。原本打算注销手机号的,结果拖到现在。不过后来好像基本没怎么用过。"

"所以就趁此机会收回吗?"

"是的。那部手机如果被发现,警察可能会查通话记录,就可能查出白天她给我打过电话，那可就糟了。"

"没想到这么麻烦。"

"确实。"

从浪冈准子家出来，骏河关上门，直接走到电梯前。

"不用锁门吗？"我问道。

"如果锁上，怎么处理钥匙也是个问题。钥匙理应在家里，不是吗？"骏河撇着嘴说道，"穗高这家伙，竟然没有备用钥匙，也没来过这里。他好像早已预料到会发生这种事情。"

在电梯里，骏河摘下手套。看着他的侧脸，我想起他拿着药瓶时的样子。如果我没看错，当时瓶里有六粒胶囊。

我轻轻地按了按上衣口袋，指尖有胶囊的触感。

神林贵弘之章 二

1

办好酒店入住手续,我们暂且回各自的房间将行李放好,随即离开,因为美和子得去美容院。

我问她大约需要多长时间,她歪着头想了想,告诉我大概得两个小时。

"那我去书店转转,然后在一楼的咖啡厅等你。"

"你回房间等就可以啊。"

"一个人在屋里待着也没什么意思。"

我实在无法忍受在一个狭窄的房间望着白色的墙,等待为成为新娘而精心准备的美和子。光是想想就觉得毛骨悚然,但我也不能对她说出我的心情。

在一楼的电梯间与美和子道别后,我离开了酒店。酒店外是一条坡道,走下坡就是一个车流量很大的十字路口。马路对面可以看到书店的招牌。

书店里人不少,大多是工薪族或白领模样的男男女女,基本都集中在杂志区。我来到文库本区,寻找适合今晚入睡前读的书,最后选择了迈克尔·克莱顿的上下册。这样,就算一夜无眠,也有书可看。

从书店出来后,我走进附近一家便利店,买了芝士鱼糕和薯片,还有一小瓶威士忌。我的酒量不大,如果喝完这种小瓶装威士忌还是无法入睡,也没有办法了。

拎着购物袋,我决定回酒店。回去的路线与来时不一样,我绕到了酒店后面。我沿着墙根走,抬头看向眼前的建筑。三十多层的大楼看起来就像刺向夜空的柱子。明天美和子举行婚礼的教堂在哪里?宴会厅又在哪里?我想着这些仰望酒店,忽然觉得美和子离我非常遥远。估计这不是错觉,而是事实。

我轻轻叹了口气,继续向前走。这时,我用余光看见旁边好像有什么东西。转过头一看,是只黑白相间的猫,瘦瘦的,并拢前腿蹲坐在路旁。猫也看着我。也许是病了,它的左眼上全是眼屎。

我从袋子里拿出芝士鱼糕,撕了一片扔给它。刚开始它有点防范的样子,但不一会儿便走近鱼糕,闻闻味后吃了起来。

这只猫和我,不知到底谁更孤独。

回到酒店,我走进一楼的咖啡厅,点了一杯皇家奶茶。时间刚过七点,我拿出迈克尔·克莱顿的书开始阅读。

八点整,美和子出现了。我举起右手朝她示意,站了起来。

"结束了?"我一边将账单交给收银台,一边问道。

"嗯,差不多了。"她回答。

"都做了些什么?"

"美甲、修脸、卷头发……还有些别的。"

"还挺麻烦。"

"这才刚开始,麻烦的都在后头呢,明天得早起。"

美和子将长发盘了起来。也许是因为修了眉，眼睛似乎比平时更有神。想到她会被化上新娘的妆容，我的内心充满了莫名的焦躁。

晚饭是在酒店内的日本料理店吃的。我们没怎么说话，只是聊了几句对菜肴的感受。

饭后喝日本茶的时候，美和子开口说道："不知道下次和哥哥两个人单独吃饭会是什么时候。"

"是啊……"我歪了歪头，"恐怕没机会了吧。"

"为什么？"

"因为今后美和子你得和穗高先生在一起啊。"

"即使结了婚，也有一个人行动的时候啊。"说完，美和子好像忽然想到什么，"啊，对了，不久后，哥哥或许也不是一个人了。"

"什么？"

"总有一天，你会结婚吧。"

"啊？"我边喝茶边说，"我从来没想过那种事。"我将视线移向能俯视酒店庭院的窗户。庭院里有人行步道，一对男女正在散步。我望着玻璃窗，看到了映在窗户上的美和子的脸。她正托着腮，看着斜下方。

"哦，对了。"美和子打开包，拿出一个拼花图案的袋子。

"这是什么？"我问道。

"旅行用的小药袋，是我自己做的。"说着，她从袋子里取出两片药，"今天中午大餐吃多了，得注意。"

美和子向女服务员要了杯水，服下两片胃药。

"里面还有哪些药？"

"我看看。"美和子将袋子里的东西倒在手掌上，"感冒药和晕车药，还有创可贴……"

"那是什么胶囊？"我指着一个小瓶子问道，里面装着白色胶囊。

"哦，这是治鼻炎的胶囊。"美和子将瓶子放到饭桌上。

"鼻炎？"我拿起瓶子。药瓶的标签上印着"内含十二粒"，瓶里还有十粒。"美和子，你有鼻炎？"

"不是我，是他要吃。他有过敏性鼻炎。"说完，她在胸前拍了一下手，"糟了！刚才整理包的时候，忘了将小药盒放回包里。一会儿得把胶囊放进小药盒里。"

"你说的小药盒，是不是白天穗高先生从柜子抽屉里拿出来的那个？"

"对，明天婚礼开始前，我得交给他。"

"这样啊……"

"啊，我得去趟洗手间。"美和子站起身，向餐厅里边走去。

我看着手中的瓶子，想了想美和子帮穗高保管常备药的理由。一起去旅行时，将两个人的药放在一起保管并不奇怪，但我还是感到有些困惑。或许是因为这个事实象征着什么。随后，我又觉得这样的自己实在令人讨厌，因这样一件小事就心烦意乱。

从餐厅出来后，我们决定回各自的房间。时间已经过了晚上十点。

"要不要到我的房间聊一会儿？"来到美和子房间门口时，我提议道。我们的房间挨着，都是单人间。"有威士忌，还有零食。"说着，我举起购物袋。

美和子笑了笑，看看我和白色的袋子，缓缓地摇了摇头。

"我得给雪笹姐和诚打电话。另外，今晚我想早点休息，有些累了，明天还得早起。"

"是吗？那样也好。"尽管心里不是这么想的，我还是保持着微笑。不，其实我也不知道微笑是否成功。在美和子看来，也许只是脸颊不自然地动了动。

她从包里拿出附带金属牌的钥匙，插进锁孔，然后转动钥匙，打开房门。

"晚安。"她看着我说。

"晚安。"我回答。

她迅速从门缝闪进房间里。关上房门的那一瞬间，我从外面轻推了一下门。她大吃一惊，抬头看着我。

我看着她的嘴唇，回想着最后一次吻她时的感受，立刻产生了一股冲动，很想重温一下她嘴唇的柔软和温暖。我眼中只有她的嘴唇，身体内部开始燥热。但是，我仍然试图克制冲动。绝对不能乱来，否则一辈子都无法挽回。对此，不知是什么东西在心中回答：没什么，堕落到底也无所谓。

"哥哥！"美和子喊了我一声。时机把握得很好，如果再晚一秒，不知会酿成什么后果。

"哥哥！"她又喊了我一声，"明天就拜托了。明天……会有很多事情。"

"美和子……"

"那么，晚安。"她推着门准备关上，用的力道很大。

我用浑身的力气阻止她关门。透过大约十厘米的门缝，我看见了美和子困惑的脸。

"美和子！"我说道，"我……不想把你交给那个家伙。"

美和子眨了眨眼，看上去那么悲伤，然后又露出笑容。"谢谢。

听说父亲嫁女儿时大多都这么说。"她又道了声晚安，便猛地关上了门。

这次实在没法阻止，我只能伫立在门前。

2

早晨伴随着令人无法忍受的头痛来临了。身体就像是被什么沉重的东西压着一般，不听使唤。枕边一直有声音在响。刚开始，我并不知道那是酒店配备的闹钟的声音，发现后便摸索着找到声源关掉了它。只是轻轻地动了动身体，我就感到晕头转向。

接着一股恶心袭来，胃部就像是被人拧住般难受。为了不刺激内脏，我慢慢下床，然后爬到浴室。

抱着马桶将胃里的东西吐出来后，我觉得好受多了，倚着洗漱台慢慢地站了起来。面前的镜子里出现了一个胡子拉碴、面色苍白的男人，上半身赤裸，腹部肋骨突出，就像昆虫一样，感觉不到任何活力。

我忍受着阵阵袭来的恶心，刷完牙，开始冲澡。我把水温调到刺痛皮肤的热度。

洗完头刮了胡子，状态才恢复到能够回归社会的程度。我擦着滴水的头发走出了浴室。这时，电话铃响了。"喂，你好。"

"哥哥吗？是我。"是美和子的声音，"你还没起床？"

"刚起床冲完澡。"

"哦，要吃早饭吗？"

"一点食欲都没有。"我看着放在窗边的桌子，小瓶装威士忌还剩半瓶。喝了这点酒就难受成这样，可真够窝囊的。"倒是想喝点咖啡。"

"那么一起去楼下餐厅吧？"

"好啊。"

"二十分钟后我去敲门。"说完她挂了电话。

放下话筒，我走到窗边，使劲拉开窗帘，屋内瞬间充满白色的阳光。我感觉那种光芒足以照亮心中的暗处。

我想，今天将是个难熬的日子。

过了约二十分钟，美和子来敲门。我们乘电梯来到一楼。这里有供应早餐的餐厅。美和子说九点左右穗高他们会来这里与我们会合。

美和子就着红茶吃了点烤薄饼，我则喝了咖啡。美和子穿着白衬衫和蓝裤子，没有化妆，看起来就像准备去打工的女大学生。说实话，如果美和子在我任职的大学校园内散步，大家一定会认为她是学生。但再过几小时，她就会成为耀眼美丽的新娘。

和昨晚在日本料理店吃晚饭时一样，我们基本没有交谈。我不知道该和她说点什么，估计她也没想到什么有意思的话题。没办法，我只能观察餐厅里其他顾客的情况。附近坐着两个穿礼服的人，仔细看了看，都不是我认识的面孔。

"你在看什么？"美和子停下切烤薄饼的手问道。

我回答道："好像不是你们的客人，他们来得太早了。"

"估计不是，不过也不一定。"她回答，"据说他邀请的人很多。"

"一百或一百五十人？"

美和子想了想。"可能会更多。"

我瞪大眼睛,摇了摇头。也许我该对他认识那么多人这件事另眼看待。"你的客人有多少?"我问道。

"三十八人。"她立刻回答。

"哦。"我本想问问都有谁,但还是打消了这个念头。那样只会让我们再次想起迄今为止并不平坦的道路。

刚吃完烤薄饼,美和子看着我的后方,莞尔一笑。我自然知道,能让她这么笑的只有一个人。转身一看,果然是穗高。

"早安。"穗高看着美和子笑了笑,然后保持笑容看向我,"早上好。昨晚睡得还好吗?"

"还行。"我点头回答。

骏河直之进来得比穗高稍晚,他已经穿好礼服。"早上好。"他礼貌地跟我们打招呼。

"昨晚提到的有关诗朗诵的事,好像找到专业人士了。"穗高说着坐到美和子旁边。女服务员问需要点什么,他要了杯咖啡。

"我也来杯咖啡吧。"骏河也坐到椅子上,"是这样,我认识一个年轻的配音演员,昨晚问了问,他答应得很痛快。他刚出道,很难说够专业,但时间太紧,也就顾不了那么多了。"听他的语气,好像是在暗中责备忽然提出这种无理要求的穗高。

"虽然是初出茅庐,应该也不会出什么差错吧?"穗高说道。

"应该不会。"

"那就可以了。"

"想请美和子小姐选几首朗诵用的诗。我大致选了几首作为候选。"骏河从包中拿出一本书,放到美和子面前。是她出版的那本诗集,有几处贴着黄色便笺。

"我觉得《蓝色的手》不错,就是你小时候希望能在蓝色海洋里生活的那首。"穗高抱着胳膊说道。

"哦。"美和子说道,好像并不感兴趣。

我在内心冷笑着。穗高不知道,她说的蓝色海洋指的是另一个世界——天堂。

三个人开始讨论问题,我觉得有点无聊。这时,两个女人朝我们走来。一个是雪笹香织,穿着黑白格纹西服;另外一个年轻女子之前见过两三次,是雪笹香织的学妹,与她一起工作。出版美和子的那本诗集时,年轻女子曾来过我们家几次,好像叫西口绘里。

两个女人对我们说了些祝福的话。

"你们来得还挺早。"穗高说道。

"不早了,现在开始有很多事要做。"雪笹香织看了看手表,然后俯视着美和子说,"是不是该去美容院了?"

"啊,是啊,得抓紧了。"美和子也看了看手表,拿起旁边的手提包站了起来。

"那么,诗就定为《窗》,怎么样?"骏河再次确认。

"好的,其他就麻烦你了。啊,对了,诚。"美和子看着穗高说,"我把小药盒和胶囊忘在房间了,一会儿我让人送过去。"

"拜托了。婚礼时新郎要是又流鼻涕又打喷嚏,就太难堪了。"穗高说完笑了笑。

美和子和雪笹香织她们走了,我也决定离开。穗高和骏河好像还有事商量,仍然留在餐厅里。

婚礼定在中午举行,酒店的退房时间也是中午,因此可以在房间里待到婚礼开始前。不过，作为新娘唯一的亲人，我不能等到婚礼即将开始才露面。

我已经不怎么感到恶心，但后脑勺还是有点痛，脖颈也有些僵硬。我已经很久没有醉过了。哪怕是一小时，我想还是睡一会儿好。看了看表，还不到十点。

我从口袋里拿出钥匙，打开房门。这时，我发现脚下有一样东西，像是信封。

我觉得不对劲，似乎是谁从门缝里塞进来的，这个人究竟是谁，我完全没有头绪。酒店好像也没有这种服务。

捡起信封一看，正面工整端正地写着"神林贵弘亲启"。看到这几个字，我忽然感到莫名的不安。因为，用尺子辅助写收信人的名字只有一种可能性。

我小心翼翼地撕开信封，里面有一张 B5 大小的纸。看到上面不知是用打字机还是电脑打的字句，我开始惴惴不安。

信的内容如下：

我知道你和神林美和子之间有超越兄妹的关系。如果不想让别人知道，听从以下指示。

信封里有胶囊。将这个混入穗高诚服用的鼻炎胶囊中，放入药瓶或小药盒皆可。

重申一遍，若不按指示去做，就揭露你和神林美和子的肮脏关系。通知警察，下场相同。

读完后，烧掉这封信。

我将信封倒过来抖了抖,一个小塑料袋掉了出来。正如信中所说,里面装有一粒白色胶囊。

我知道这和穗高的常用药的外观一模一样,因为昨晚看到了美和子拿的药。看来写信的人知道这一点。

不知胶囊里装的是什么,总之不会是鼻炎药。估计穗高吃了这个会产生不同寻常的反应。

究竟是谁让我做这种事?是谁发现了我和美和子的"肮脏关系"?

我将信与信封扔进桌上的烟灰缸烧掉,然后打开衣柜,将装有白色胶囊的小塑料袋藏进上衣口袋。

3

在房间待心情平静一些后,我去了美容院。最终还是没能小睡片刻。此时正好是十一点。

刚来到美容院前,门就开了,西口绘里走了出来。看到我,她露出很意外的表情。

"请问,美和子在里面吗?"我问她。

"她已经去休息室了。"她面带微笑答道。

"哦。西口小姐怎么在这里?"

"美和子小姐说她忘了这个,我过来帮她拿。"说着,她将手里的东西拿给我看。是美和子的手提包。

我们并肩进入休息室,一股香水味扑鼻而来,令我有点头晕。

雪笹香织也在房间里,再往里坐着已经穿好婚纱的美和子。

"哥哥。"看到我,她轻轻喊了一声。

"美和子……"我再也说不出别的话。眼前的人既是美和子,又不是美和子,最起码不是我熟悉的妹妹。坐在我眼前的人美丽动人,却是一个即将属于其他男人的玩偶。

"我们出去吧。"有人在后面说道。大家陆续走出了房间,但我一直看着美和子。

只剩下我们两个人后,我终于能开口了:"你很美,真的。"

她像是说了"谢谢",却听不见声音。

不能让她哭,不能让泪水抹去妆容。然而,在我的心中,一股想毁灭一切的冲动不断袭来。我靠近她,牵起她戴着手套的手,把她拉向自己。

"不行。"她说道。

"闭上眼睛。"

她摇了摇头。但我无视这个动作,靠近她的双唇。

"这样不行。"她又说了一遍。

"就碰一下。我保证这是最后一次。"

"但是……"

我加大力气抱住她。她慢慢地闭上了眼睛。

骏河直之之章 二

1

我预感到今天将是漫长的一天。

手表的指针显示十点半时,我们好不容易结束了最后的协商。为达到更好的演出效果坚持到最后一刻,的确是穗高的风格。何况这次是为自己的事忙碌,他当然会更卖力气。

"对了,关于音乐,千万算好时间。如果搞砸了,可就白费力气了。"穗高喝着第二杯意式咖啡说道。

"知道了,我会向负责人强调这件事。"我将文件放进包里。

"好了,我也该换第一套衣服了。"穗高为放松身体动了动胳膊,"一个奔四十的男人,穿什么衣服大家也不会感兴趣的。"

"你今天不是甘当美和子小姐的配角吗?"

"可以这么说。"穗高看了看四周,将脸靠近我,"早上有没有什么异常?"

"你是指……"

"就是你们住的那栋公寓,"穗高小声说,"有没有警车来,或是聚集了很多人?"

"哦,"我终于明白穗高想问的事,"早上离开公寓的时候没什么异常。"

"啊,就是说还没有被发现?"

"估计是。"我回答。

他指的是准子的尸体。这番对话让我稍稍松了口气,因为今天早晨在酒店大堂见到穗高时,他根本就没提准子的事,我还想他是不是以为事情已经了结了。看来即便是穗高,也没有漫不经心到那种程度。

"如果被发现会怎样?"穗高问道。

"今天她工作的医院休息,应该不会被发现。问题是明天以后,如果她一直没去上班,有人就会觉得奇怪而去找她。那样尸体很快就会被发现,因为门没锁。"

"能不能拖延一段时间?就算被发现,也是越晚越好。"

"早晚都会被发现的,早或晚其实没什么关系。"

穗高以一种"你怎么什么都不懂"的表情咂了咂嘴。"说不定警察会将自杀和婚礼联系到一起,何况神林昨天白天已经见过准子,如果知道她自杀,一定会觉得奇怪。没准他已经告诉美和子那个站在院子里的奇怪女人的事。所以我希望神林忘掉准子的事后,尸体再被发现。"

我沉默着。其实我很想说:就是因为你结婚,她才选择了自杀,你又能怎么办?

"对了,差点忘了把这个交给你。"穗高从口袋里掏出一张纸。

"这是什么?"我打开纸一看,上面草草写着"香奈儿(戒指、手表、包),爱马仕(包)"等不少名牌产品。

"是我以前给准子买的。"穗高说道。

"那就是礼物明细了。"我无意中想到准子是不是因为这些礼物才跟穗高好上的,但立刻又觉得她一定不是那种女人。她希望从穗高那里得到的应该是别的。想到这些,我再次感到难受。

"也许有遗漏,但大致就是这些,总之你先记住。"穗高说着,又喝了一口意式咖啡。

"记住?我?为什么?"我问道。

听到这里,穗高又像刚才一样皱了皱眉。这次他直接开了口:"你怎么就不明白呢?如果尸体被发现,警察一定会搜查准子的住处吧?发现那么多靠她那点收入绝对买不起的奢侈品,就会想一定是男人送的。这时就该你出场了。正如昨天所说,到时候就说你一直和准子交往,那些名牌都是你送给她的。"

"如果记不住自己送过哪些礼物,实在不合情理,所以才让我记住这些明细,是吧?"

"就是这样。看明细就知道,都是些常见的东西。如果问是在哪儿买的,也不难回答,说是从国外带回来的就可以了。"

"我和你不一样,我很少出国旅游啊。"我带着嘲讽的语气说道。

"那就说是在银座买的,反正都是些哪儿都能买到的东西。最近的女孩子,即便是奢侈品,也必须是限量版才行,在这点上准子还算比较好对付。"

"穗高!"我瞪了他一眼,"什么叫好对付?话不能这么说吧?"

我是替准子抗议才这么说的,但穗高却将这些话误解成别的意思。他点了点头,说道:"也是,如果是个好对付的女人,一定不会在我结婚的前一天自杀。"

我无言以对，只是目不转睛地看着他。他好像依然在误解，一直点着头。

"哎呀，再不去可就晚了。"他喝完意式咖啡，大步向餐厅的出口走去。

我看着他的背影，心中骂道：你死了算了。

2

穗高走后，我又要了一杯咖啡，在餐厅待到十一点十分左右才向宴会厅走去。双方的亲朋好友已经陆续到场，绝大多数都是穗高请的客人。

婚宴定在下午一点，除了亲戚以外的客人十二点半左右到场就可以。请柬上写着希望大家也能出席在教堂举行的仪式，因此客人们来得都比较早。

我和主持人以及酒店工作人员进行最后的协商后，走到来宾休息室。那里坐着业务上有来往的编辑和影视公司的人，他们形成几个小群体，喝着威士忌或鸡尾酒寒暄聊天。与穗高关系比较好的几个作家也来了，我跟他们挨个打了招呼。

"骏河先生，这样不好吧，怎么能用这种方式将神林美和子挖走呢？"一个老资格的文艺编辑用像是喝醉了的语气说道。但我知道，这个男人绝不会因一杯威士忌而喝醉。

"挖走？您是指……"

"神林美和子的工作是不是今后都由穗高企划来安排？对她来

说，避税也就方便了。可这么一来，我们想拿她的稿子就难了。"

"神林小姐的工作目前仍然由雪笹女士掌握决定权。"

"现在是这样，但那个穗高诚怎么可能让一个编辑独占聚宝盆？"老编辑说着转了转手中的酒杯。威士忌里的冰块发出了清脆的声响。

这个编辑原来也是负责穗高的，今天仍然作为穗高的来宾出席，但他的注意力明显放在了神林美和子身上，这一点与今天到场的大部分人一样。都不用提婚礼的主角是新娘这一常识，今天的主角无疑就是神林美和子。穗高正因为知道这种情况，所以无论如何都想得到神林美和子。

我正在和客人们寒暄时，外面忽然变得喧闹，还能听到一些欢呼声。

有人说是打扮完毕的新娘从休息室走出来了。听到这个消息，大家都拥向出口，我也跟在了后面。

一走出来宾休息室，我便看到了背靠玻璃墙而站的神林美和子。穿着纯白婚纱的她就像华美的花束。她平时并不显眼，但今天经专业化妆师化了妆，就像人偶一样可爱。

看着被女宾们围绕的神林美和子，我想到了准子。她也穿了属于自己的婚纱——白色连衣裙，白色面纱，手里还拿着花束。不知她是以怎样的心情决定穿那身衣服自杀的。我不由得联想到她在那狭小的公寓里照着镜子选衣服时的情景。

我无意间往旁边看了一眼，发现除我之外还有一个人心情复杂地看着新娘。是神林贵弘。神林站在离围绕新娘的人群稍远的地方，抱着胳膊看着妹妹，脸上没有表情。我想象着他心中的思绪，好奇得有点心跳加速，同时也感到了一种恐惧。

"看哪儿呢？"忽然有人在旁边问我。转身一看，是雪笹香织，她的脸就在我肩膀附近。

"是你啊……"

雪笹香织看向刚才我看着的方向，马上发现了目标。"你是在看新娘的哥哥。"

"不，只是随便看着，正好就瞅到了那里。"

"不用骗我。其实，我也有点战战兢兢。"

"战战兢兢？"

"对，担心他做出什么惊天动地的事。"她别有用意地说道，"刚才，他进了新娘休息室。"

"既然是唯一的亲人，这也理所当然吧。"

"所以我们就出来了，为了让他们俩好好说说话。"

"哦。"

"他们俩在一起的时间大约有五分钟，后来神林先生自己先出来了。"

"然后呢？"我催促她往下说，因为我不知道她到底想说什么。

雪笹香织小声对我说道："当时，他的嘴唇上有红色的……"

"红色的？"

她轻轻点了点头。"口红。是美和子的。"

"不会吧？你是不是看错了？"

"我也是女人，是不是口红一看就知道。"雪笹香织一直看着前方，小声说道。在旁人看来，大概会以为是新郎方与新娘方的负责人在商量着什么。

"神林美和子的状态怎么样？"我也小声问道。

"表面上还是很平静，不过，眼睛有点发红。"

"真是的。"我叹了口气。

有关神林兄妹的关系，以前我和雪笹香织从没谈论过，但刚才我们之间的对话是以彼此都知道一切为前提的。我想，与诗人神林美和子经常在一起的雪笹，不可能不知道他们兄妹间的不正常爱情。她也认为我肯定知道详情。

"现在只能祈祷今天的婚礼平安无事。"我看着前方说道。前面走过认识的编辑，我轻轻点头招呼。

"对了，那件事，后来有什么变化没有？"雪笹问我。

"你是指昨天那件事？"我捂着嘴问她。

"当然了。"雪笹香织微笑着回答。她可能觉得，如果看着新娘的人表情过于严肃，会显得十分异常。

"目前应该没什么事。"我也学着她，以略显放松的表情回答。

"和穗高先生聊过这事吗？"

"刚才聊了一会儿。他依然是个乐观派，以为事情都会朝着有利于他的方向发展。"

"如果被发现，事情可就闹大了。"

"我有心理准备。"

我们的秘密谈话进行到这里时，穿着黑色礼服的中年工作人员大声通知，婚礼马上就要开始，请各位来宾移步到教堂。于是，客人们纷纷开始移动。教堂在楼上一层。

"我们也走吧。"我对雪笹香织说道。

"你先去吧。等新郎那边的客人入座后，我再进去。"

"啊，也是，你是新娘这边的客人。"

"我是少数派。啊，对了，你稍等一下。"说完，她回头看了一眼后方，她的学妹西口绘里站在听不见我们谈话的地方。"把临时放在你那儿的东西交给骏河先生吧。"

听雪笹香织这么一说，西口绘里回答"好的"，打开了包。只见她从包里拿出一个小药盒。

"刚才美和子小姐拜托我们把这个转交给穗高先生，但我们一直没机会接近新郎。"

"是那个鼻炎药吧？"我打开怀表模样的小药盒，里面有一粒白色胶囊。"现在我也得去教堂了。"我盖上盖子，放进口袋，环视周围。正好有一个服务生从身旁路过。我叫住他，说："麻烦你把这个交给新郎。"然后将小药盒给了他。

3

我和几个熟人一起向教堂走去，途中正好碰到我托付小药盒的那个服务生。

服务生告诉我："新郎很忙，所以和他打了声招呼，把东西放在了休息室的入口处。"

我问穗高有没有服用里面的药。服务生不好意思地说，这一点他并没有确认。

我想起穗高笑着说过的话——新郎要是又流鼻涕又打喷嚏，就太难堪了。他应该不会忘记吃药。

教堂在四楼。酒店的这部分建筑只到三层，教堂就建在顶层。

在相关人员的引导下，我们走进教堂。

教堂中间的通道铺有白布,估计这就是所谓的贞女路,会场工作人员大声强调,来宾千万不能在那上面走。圣坛上用花做好了装饰。面向圣坛,右侧是新郎一方客人的位置。

从这里可以看出,两家来宾的数量差距悬殊。右侧差不多坐到了最后一排,左侧则一半都没有坐满。

坐在左侧第一排的是神林贵弘。他双手放在膝盖上,目不转睛地看着斜下方。他那服装店人体模特一样俊秀白皙的脸上,依然看不出任何感情。

我们的座位前放着写有赞美诗歌词的纸。明明不是基督徒却要唱这种歌,简直是灾难,何况新郎新娘与基督教也没有任何关系。我还记得穗高上次婚礼是按神道教仪式举行的。

没过多久,神甫出现了,是一个戴着金边眼镜的中年男人。随着他的登场,会场里的喧闹声戛然而止。

接着是风琴伴奏。新郎先登场,随后应该是新娘。我低着头,盯着自己的双手。

从后面传来了脚步声。闭着眼都能想象到穗高昂首挺胸走进来的样子。虽然是二婚,可他好像不大在意。估计现在正走着的他,自我感觉应该也不错。

脚步声忽然停了下来。

我立刻感到有点不对劲。新郎应当走到圣坛前面,但是脚步声却停在了我座位的后方。我抬起头转身看去,然而,并没有看到穗高的身影。

大约过了一两秒,坐在中央通道附近的几个人一起站了起来,还有女人小声尖叫。

"怎么了?"有人喊道。

"出事了!"

"穗高先生!"

大家看着中央通道喊叫。我意识到发生了什么事。"请让一下!请让一下!"我推开周围的人来到前方。

穗高倒在通道上,土灰色的脸丑陋地扭曲着,吐着白沫。由于面容变化太大,一瞬间我还以为这不是穗高。但从体形、发型和身上的新郎礼服判断,这无疑就是穗高。

"医生……快叫医生!"我对呆若木鸡地伫立在周围的人们喊道。终于有人跑了出去。

我看了看穗高的眼睛。他凝滞的目光已经完全失去焦点,不用医生确认瞳孔是否扩散,就已经能得出结论。

周围忽然变得很亮,原来是外面的光线照了进来。我抬起头。

教堂后方的门刚刚打开,四角形的入口中央能看到由伴娘陪伴的神林美和子的身影。因为是逆光,我看不到她脸上的表情。估计她现在还不知道这里到底发生了什么。

一瞬间,我感到洁白的婚纱变得朦胧不清。

雪笹香织之章 二

1

我首先要做的,是让美和子在安静的房间里休息。发现穗高的异状后,她提起婚纱的下摆跑过了本该庄重走过的贞女路。目睹到本该在几分钟后与自己交换爱情誓言的新郎的死,她发不出任何声音,全身僵直地站在那里。旁人根本无法想象的打击无疑贯穿了她全身。或许是这个原因,谁跟她说话她都没有反应,人们的声音好像根本就传不进她的耳朵里。如果没有人在旁照料,她既无法站立也无法行走。

我和第一个扶住美和子的神林贵弘一起,把她带回了房间。酒店预备的豪华套间原是美和子和穗高今晚要住的。

"我去找医生,暂时麻烦你照顾一下美和子。"让美和子坐到椅子上后,神林贵弘说道。

"请放心。"我说道。

他走出房间后,我帮美和子脱下衣服,让她躺了下来。她一直轻轻颤抖着,看着天花板的某一处,嘴里传来混乱的呼吸声。看来她依然处于不能说话的状态。当我握住她的右手时,她紧紧地回握。

新娘的手汗津津的。

我坐在床边,一直握着她的手。不知神林贵弘什么时候才能找来医生。医生到达酒店后,恐怕要先查看穗高的情况。我希望医生忙完后马上赶到这里。我觉得医生救不了穗高,在场的所有人估计都知道这一点。相比之下,更重要的是活着的人。

没多久,美和子嘴里传来微弱的声音。我问她:"你说什么?"却听不清她的回答。

我竖起耳朵仔细听了听。虽然她的嘴唇动得不是很明显,但传来的无疑是"为什么,为什么"。我紧紧握住了她的手。

大约过了二十分钟,我听到了敲门声,松开她的手去开门。神林贵弘和一个穿白大褂的中年男人站在门外。

"患者呢?"医生模样的男人问道。

"在这边。"我把他领到床边。

医生把了把美和子的脉,立刻拿出镇静剂给她注射。一直轻轻颤抖的她过了一会儿便睡着了。

"大概会睡两个多小时,最好有人在身边陪着她。"医生收拾着包说道。

"我会陪着她。"神林贵弘说道。

送走医生后,我回过头看着他:"我也留下来陪她吧?"

"没关系,我一个人就可以了。你还得忙许多事吧,楼下现在好像很混乱。"

"估计也是。"

"穗高先生他……"他的表情毫无变化,"好像就那么走了。"

我点了点头。估计我的面部表情也没有太大变化。因为发生得太过突然，根本不知道该露出什么样的表情。"死因是什么？"

"这就不大清楚了。"神林贵弘搬来一把椅子坐在床边。他一直注视着妹妹，看来对穗高的死没什么兴趣。

2

我乘电梯先来到四楼，没想到通往教堂的走廊里站着身穿制服的警察。

"对不起，有点情况，前面不能通行。"年轻的警察粗鲁地说道。我只能默默地返回。

再次坐上电梯，我来到三楼，却没看到一个人影。大约一小时前，这个大厅还挤满了穿着礼服来来往往的人，现在却空荡荡的。

"啊，雪笹姐。"忽然听到旁边传来声音。转过头一看，西口绘里正表情僵硬地向我走来。"我正打算去叫你呢。"

"大家在哪里？"

"在这边。"

西口绘里带我去的是来宾休息室。走到房间附近，里面却没有任何声响。门紧紧关着。

西口绘里打开门，我跟在她后面走了进去。在房间里，我看到了原本是来出席婚礼及宴会的人们的身影。所有人的表情都显得沉痛，偶尔还传来抽泣声，估计是穗高的亲戚。那种人死了竟然也会有人为他而哭。除了哭声，基本没有别的声音，香烟使空气变得非常混浊。

像是在监视一样,靠墙站着一些气质明显不同的男人。从那些人的眼神和态度判断,应该是刑警。

西口绘里走近那些人中的一个,在他耳边说了什么。那个人点了点头后看向我,然后走到我身旁。

"雪笹女士……是吗?"理着平头、看上去五十多岁的男人问道。他个子虽然不高,体格却很健壮,像一堵墙,脸也很宽大,锐利的目光像是有点斜视。男人说,有些情况想了解一下。我默默地点了点头。

他把我领到外面,后面还跟着一个年轻男人,脸像职业运动员一样黑。

我们坐在大厅里的沙发上。平头男人是警视厅搜查一科的渡边警部[①],黑脸男人姓木村。

首先,他们问了我的来历。既然让西口绘里把我带过来,他们应该知道我的身份,不过我还是做了自我介绍。

然后,警部问我之前在做什么,我回答一直陪伴着新娘。

警部点了点头。"新娘一定受了很大刺激。现在在休息吧?"

"是的。"

"状态怎么样?能说话吗?"

"怎么说呢……"我歪了歪头,"今天恐怕够呛。"我感觉脸部变得有些僵硬。不知这些人对那种状态下的美和子想问什么。

"哦,那先问一下医生的意见再说。"警部看了一眼木村。看来只要医生允许,他们想在今天向美和子了解情况。

---

①日本警察的警衔由高至低分为警视总监、警视监、警视长、警视正、警视、警部、警部补、巡查部长、巡查。

警部再次看着我。"你知道穗高先生已经死亡的事吗？"

"听说了，"我回答道，"由于太过突然，感到非常惊讶。"

警部点了点头，表示理解。"说到穗高先生的死因，有几个可疑的地方，所以要进行调查。估计会有很多不愉快，还请你见谅。"语气虽然很客气，但句尾包含着刑警特有的威慑力，有点像是在宣告：现在开始我就不客气了。

"可疑的地方是……"我主动问他。

"这个一会儿再说。"警部轻描淡写地说道。看来他并不打算回答别人主动提出的问题。"你也出席婚礼了吧？"

"是的。"

"你看到穗高先生倒下的那一幕了吗？"

"如果是指倒下的那一瞬间，我没有看到。我坐得比较靠前，大家开始骚动后，我才发现。"

"嗯，除了你之外，也有很多人说没看到，毕竟婚礼时直勾勾地看着新郎入场很不礼貌。"

其实我很想告诉他，不论何时何处，直勾勾地看着别人都很不礼貌，但觉得麻烦，所以就什么都没说。

"但还是有人看到穗高先生倒下的那一瞬间。据说，穗高先生忽然开始痛苦挣扎，像是突然发病，没多久就倒下了。"

"发病……"

"有人说他倒下去之前用手按着喉咙。"

"是吗……"我不知道该说什么，于是保持沉默。

警部略微探出身子，盯着我的脸。"你是作为新娘的客人出席的，但好像与穗高先生也不是没有关系。听说你以前是负责他作品的编辑，是这样吗？"

"只有很短的一段时间，而且只是形式上的。"我答道。不知为何，语调像是在狡辩。

"你听说过穗高先生有什么宿疾吗？心脏或是呼吸道方面的。"

"没听说过。"

"那么，穗高先生有没有什么经常服用的药？"警部继续问道。

我刚想说"不知道"，却在说出口之前收了回来。不彻底的谎言只会对自己不利。

"他长期服用鼻炎药，据说是因为一紧张就流鼻涕。"

"鼻炎药啊，是药片吗？"

"是胶囊。"

"今天也服用了？"

"应该是。"

刑警好像对我笃定的语气很感兴趣。"哦，为什么这么想？"

"因为神林小姐拜托我把药交给穗高先生。"

"你先等等。"警部做出停止的手势，然后看向木村，像是在说：现在开始说的非常重要，要做好笔记。"那个鼻炎药是神林小姐拿着的？"

"是的，是为旅行准备的，两人的药都由她保管。"

"这样啊。那么你是什么时候、在哪里拿到药的？"

"婚礼开始之前，大概是十一点半。地点是新娘的休息室。"

"神林小姐从哪儿拿出药的？"

"从她的包里。"

新娘休息室大约有八叠。十一点半，美和子穿好华丽的婚纱站在镜子前。说实话,我嫉妒她的美丽。如果我能长得这么美丽可爱该多好。但是,对穗高的新娘这一身份,我丝毫没感到羡慕。我冷静地想,这很可能是她不幸的开始。我知道前路乌云隐现,因此看到美和子一无所知地站在那条路的入口,笑得那么灿烂,我便更觉得心疼。

那时,美和子平时穿的衣服和行李全都堆放在房间的角落,手提包也是。美和子请我帮她把那个包拿过来,我便把包交给了她。

当时除了我以外,还有西口绘里。美和子在我们面前打开包,拿出了药瓶和小药盒。她把一粒胶囊放进小药盒后,将小药盒递给我,拜托我转交给穗高。

我接下小药盒,但又说自己拿着有可能弄丢,于是很快交给了西口绘里。

后来,新娘走出休息室的那一刻到了,我和西口绘里也走出房间。就在那时,我碰到了骏河直之,于是让西口绘里把小药盒交给他。

听完我的讲述,警部点了点头,用锐利的眼神看着我。"为什么把东西交给骏河先生,而不是由两位直接交给新郎?"

"穗高先生的事都是由骏河先生全权处理的。我还得陪神林小姐……"

"哦。"警部又看了一眼木村,也许是在暗示他把这些话通通记下。

我发现他们并没有问我骏河先生是谁,这表明他们已经向骏河直之了解过情况。他们一定已从骏河那里听说过药是从我这里拿到的,虽然如此,警部的表情却像是第一次听说鼻炎药的事。他这种装糊涂的态度与其说是让我生气,不如说是让我觉得扫兴。"那个,"我试着问道,"药有问题吗?"

"有问题是指……"警部微微斜着眼看向我,眼眸深处闪现出狡猾的光,令人琢磨不透。

"是不是因为那个药,穗高先生才变成那样?"

"你的意思是因为那个鼻炎药?"

"不,不是那个意思……"我顿了顿,再次看了看他们的表情。他们像是在观察什么,眼神似乎在说:快听听这个女人到底想说什么。

既然对胶囊问得这么详细,警方一定是在怀疑其中的成分。虽然如此,他们却佯装不知道,大概是为了遵守尽量让对方说话的调查法则。没办法,我只能配合他们。

"警方是不是在怀疑,穗高先生吃的其实不是鼻炎药?"我问道,"就是说,胶囊里可能混入了毒药之类的东西。"

"哦?"渡边嘬着嘴,"这是非常耐人寻味的意见。你为什么会这么想?"

"因为你一直问药的事情……"

警部笑了笑,是很狡猾的那种笑。"我们只是想尽可能客观地了解一下穗高先生倒下之前的事情。现在还不到考虑是否被毒杀等问题的阶段。"

在搜查一科都派人前来的情况下,警方不可能没考虑他杀的可能性,但我什么都没有说。估计这就是他们的处事风格。

"雪笹女士,"渡边用略显郑重的语气说道,"你想到这种可能性,是不是因为有什么根据?"

"根据?"

"是的,或者说某种线索。"

警部旁边的年轻刑警以猎犬一样的表情等待我的回答。看到他的表情，我意识到，两个人真正想问的是这个。当然，他们也有可能考虑是不是我在药里动了手脚。

"没有，"我回答，"并没有这种根据。"

木村明显露出失望的表情，渡边则面带高深莫测的笑容点了点头。估计他根据多年的经验知道，事情不会那么顺利。

随后，他又问最近在穗高诚和神林美和子周围是否发生过什么奇怪的事情，我回答说没什么特别有印象的。其实，按当时的情形，我应该说出浪冈准子的事情。但我猜骏河直之一定不会讲这些，所以也保持了沉默。

3

最终，我们被留到傍晚五点。来宾休息室再大，两百多人一直坐在一个地方，也难免会变得不耐烦。顾及穗高亲戚的颜面一直保持安静的客人们开始发牢骚，还有一些人向警察发脾气，到处都是男人们的叫嚷声和女人们歇斯底里的抱怨声。结束时间如果再晚三十分钟，可能会发生暴动。

被纠缠不休地确认了今晚的住处和联系方式后，我们终于离开了酒店。为了再看一下美和子的情况，我又去了一趟她休息的房间，发现已经没有人了。问了前台才知道，神林兄妹已经回去了，至于警察有没有盘问他们则不大清楚。

我在酒店门前叫了一辆出租车，告诉司机去银座。

在银座的三越百货旁下了车，和光百货的大钟显示时间是六点零三分。我进了和三越隔着两栋楼的饭店。饭店的一楼是咖啡厅，二楼是西餐厅。我上了楼梯。

虽是假日的晚饭时段，但店内一半以上都是空位。我扫了一眼，发现骏河直之坐在能俯视晴海路的最靠边的座位上。可能是怕太显眼，他脱掉了礼服外套。即便如此，他的白色衬衫与白色领带从远处看依然显得有些奇怪。

骏河看到我以后，将桌上的湿巾推到一边。他正喝着咖啡，面前摆着一个像是装过咖喱之类的食物的空盘。从早上开始就没有吃饭，觉得饿也是正常的。

我们约好在这里碰面，是在离开休息室的前一刻。他就像猫一样迅速靠近我，在我的耳边小声说道："六点在三越旁的那家店见。"这家店我们因谈工作来过几次。

虽然饿着肚子，但我还是只点了一杯橙汁，因为胃神经早已麻木了。

我们一时间什么都没谈，甚至没有看对方的脸。骏河发出第一声，是在他喝完咖啡以后。

"这件事很难办呀。"他长叹一口气说道。

我抬起头，第一次与他对视。他的眼睛因充血显得通红。"跟警察说了什么？"

"我也记不清了，总之是在不知情的情况下被盘问的，只能把自己看到的说了一下。"骏河拿起桌上的万宝路烟盒，抽出了一根。烟灰缸里已经有六个烟头。

"不过，"我说道，"并没有说浪冈小姐的事吧？"

骏河将点完烟的火柴熄灭后扔到烟灰缸里。"当然。"

"我也没有提她。"

"我知道你一定会那样做。"骏河看来松了一口气。

"对了,说到死因——"正要脱口而出,骏河伸手示意我不要说。原来是女服务员端来了橙汁。服务员离开后,我探身靠近他。"知道穗高先生的死因吗?"

"警察什么都没说。估计还不知道确切的情况,怎么也得等解剖以后。"

"但你应该知道吧?"我问他。

"你也一样。"骏河反驳道。

我拿起吸管,开始喝橙汁。"警察一直问我药的事。"

"我猜也是,"骏河点了点头,然后看了看周围。看来,他是担心有警察监视我们。"他们也问过我。但在那种状况下也不奇怪。"

"有关药的事,是你主动讲的?"

"不,是警察提出来的。他们是从酒店服务生那里听到的。"

"服务生?"

"警察首先调查穗高在倒下之前吃了什么。从尸体的情况判断,或许认为中毒的可能性较大。有一个服务生主动站了出来,说曾把一个小药盒送到新郎休息室,而那个东西是骏河先生交给他的。"

"然后警察向你了解情况。你一定会说,小药盒是从西口小姐那里拿到的,因为这是事实。"

"当时你和西口小姐在一起,所以你也被盘问了。"

"看来是这样。"我终于理清了事情的脉络,"警方会不会认为,美和子拿的药瓶里混入了毒胶囊?"

"那得看瓶里剩下的胶囊的成分了。哪怕找到一粒毒胶囊,警方就能得出结论,穗高吃的就是这种胶囊。但是,如果剩下的胶囊没有问题,那么只能说有那种可能性。即使解剖后从体内查到毒药,也不知道是怎么服下的。"

骏河吐出的烟雾碰到玻璃窗后消失得无影无踪。一瞬间,夜景都显得黯淡下来。

我想,这个世界真是奇妙。以前我和这个男人从没有这么密切地交谈过,我们的共通点只有那个自我表现欲极强的穗高诚。而那个穗高,现在却已不在人世。

是啊,那个人已经死了!我很想喊出这句话,可我要忍到回到公寓,锁上门,拉紧窗帘,只有一个人的时候,才能这么做。

"我说——"我进一步靠近骏河。

"嗯?"

"投毒的,应该是浪冈小姐……对吧?"我小声说道。

骏河的面部闪过一丝狼狈。他看了看周围,轻轻点了点头。"应该是那样。"

"那个瓶子里的胶囊装的果然是毒药啊。"

"应该没错。"骏河不停地抽着烟,"原以为她替换穗高的整瓶鼻炎药的计划失败了,但在药瓶中混入毒胶囊这一点可以说是成功的。"

"将胶囊放进小药盒的是美和子,所以毒胶囊早已放在药瓶里了。不知道浪冈小姐是什么时候放进去的。"

"估计是在昨天前动手的,一定是偷偷溜进了穗高家。"骏河将变短的烟在烟灰缸里摁灭,"对她来说,穗高家就是自己家,她一定很清楚鼻炎药药瓶放在哪里。剩下的,就是什么时候溜进去了。穗高有时挺马虎的,所以应该有不少机会。"

"对她来说，算是漂亮地完成了殉情吧。"

"是啊，穗高也算是自食其果。我再次感到，女人真是可怕的生物。"

听到他陈腐的台词，我没发表任何意见。事已至此，他说这个有什么用？我在脑中回顾至今为止的推论，想确认是否有破绽。应该没什么大问题。"那么，"我看着骏河，"剩下的就是浪冈小姐的尸体什么时候被发现了……"

"有关这件事，有一点希望你能答应，约你在这里见面也是为了这个。"他郑重其事地说道。

"什么事？"我问道。

"首先，我希望你装作什么都不知道，包括准子在穗高家自杀的事，还有我和穗高搬运尸体的事。"

"这个我明白。"

"还有就是，如果情况有变，我会向警方坦白准子与穗高的关系，不然无法解释她为什么让穗高服毒。"

"这倒也是。"

"当然，这件事也会传到神林美和子那里。这对她来说是双重打击。"

我明白骏河想说什么了。"知道了。我会尽力不让她在精神上崩溃。"

"拜托了，我不希望有更多人受到伤害。"骏河又点了一支烟。吐出一口烟后，他比刚才要显得从容一些。

"今后你打算怎么办？"我问他。

"不知道，只能顺其自然吧。"他看着窗外答道。

在饭店前与他分手后,我坐出租车回到了位于月岛的公寓。中途我几次回头,看有没有尾随的汽车,但没感觉到有警察跟踪。

回到家,我脱下参加婚礼时穿的衣服,只穿着内衣站到镜前,把手搭在腰部,挺胸观察自己的样子。

我感觉到从体内涌出某种情感。我不知该如何发泄,只能紧紧握住拳头。

我重生了。那个被穗高诚扼杀心灵的雪笹香织,今天再次活过来了。

我做到了。我杀了他。

骏河直之之章 三

1

与雪笹香织分开后,我不能像她那样直接回家,而是马上又返回位于赤坂的酒店,在一楼的咖啡厅与穗高的父亲及胞兄见面。穗高的父亲以前是出租车司机,退休后由长子夫妇照顾。那位长子,即穗高的胞兄,据说在当地的信用金库工作。他们稳健踏实得简直不像是穗高的家人,这让我感到有点惊讶。

两人都是带着妻子来的,她们现在都在房间休息。他们今天一大早开着私家车从茨城赶来,原打算参加婚礼后在酒店住一晚,明天白天去东京迪士尼乐园玩,然后沿高速公路回家。穗高的胞兄夫妇有一个上幼儿园的女儿,原本定在婚礼的最后环节当花童,向新郎新娘献花。夫妻俩为让女儿穿上高级童装,甚至放弃了为自己添新衣服。告诉我这些事的不是别人,正是穗高。

我要和他们商量的,是有关穗高葬礼的事情。何时,在何处办,什么规模,具体要联系谁,需要商量的事相当多。世人常说举行葬礼是为了让人们没工夫悲伤,我觉得确实有一定道理。

让原本是为参加儿子、弟弟婚礼而来东京的人忽然去准备同一个人的葬礼,确实令人难堪。就连我,虽然解下了白色领带,却仍是参加婚礼时的打扮。

与今天早上见面时相比,穗高的父亲似乎苍老了十岁。我说什么,他都没有反应。哥哥好像还知道要担起责任,只是大脑还没完全反应过来。因此,我不仅需要反复说明,还得重复回答同样的问题。结果,所有事情基本上都是由我决定的。

葬礼在茨城举行,殡仪馆由我联系。按几个方案做出估价后,由穗高的家人决定葬礼的规格。至于怎么领回尸体,明天由我来问警方。为了达成这些共识,我们用了近两个小时。这两个小时与其说是商议,不如说是我在自言自语。

"这些事就麻烦您了,因为我对弟弟的生活毫不知情。"大致谈完后,穗高的胞兄道彦说道,看起来很过意不去。他说穗高这两年新年的时候也没回茨城。

"没关系,只要是能帮忙的,我都会尽力,请尽管提出来。"我言不由衷地说。我的计划是大致商量好后,剩下的就交给这对父子,我则找机会退出来。我可不想去收拾什么穗高企划借款的残局。

"真是世事无常啊,没想到竟然会在婚礼当天出这样的事情。我一直以为他的身体很健康,没想到会有心脏病。"穗高道彦痛苦地说道。

从他的这句话,我察觉到警方并没有对他们暗示他杀的可能性。心脏病什么的,也许是警察随口说的。

"那个,叫什么来着,就是要成为他媳妇的人。"之前一直沉默的父亲舌头有些僵硬地说道。儿子提醒是美和子小姐后,他继续说道:"啊,对了,是美和子小姐。她会怎么样?他们登记了吗?"

"不,应该还没有。"我回答。

"啊,那太好了!就不用办那些麻烦的手续了。"道彦露出松了口气的表情。

我刚开始还以为麻烦是指担心会在神林美和子的履历上留下离婚记录,但我马上想到了继承遗产的问题。的确,如果已经登记,石神井公园的房子和穗高的财产都将由美和子继承。我再次看了一眼相貌平平的道彦。这个人也许并不像他的外表那样纯朴。

"我还期待他能和这次的媳妇好好过日子呢。"年老的父亲眼角满是皱纹,感慨万分地说道。

我回到练马的公寓时已经十一点多了。虽然今天比较凉爽,但衬衫腋下已经汗津津的。我能感觉到脸上出了一层油,前面的头发粘在额头上,感觉很不舒服。

我把礼服上衣搭在肩膀上,刚要踏进公寓的玄关,忽然发现自动上锁式的大门前站着两个男人,一个穿着棕色西服,另外一个穿着米色休闲裤和深蓝色夹克。两个人都像是三十多岁,体格也差不多,穿棕色西服的人稍微瘦一点。

看到我后,两人立刻走了过来。我基本猜到了他们会有这种反应,因为我看到他们的瞬间就已经猜出他们的身份。就像人们所说的那样,这些家伙果然有独特的气质。

"是骏河先生吧?我们是搜查一科的。"穿棕色西服的人拿出记事本说道,他自称姓土井。穿深蓝色夹克的姓中川。

"还有什么事吗?"我问道,故意用了不耐烦的语气。

"还有些情况需要了解,不知能否占用你一点时间?"土井说道。即便我不同意,他们也不会乖乖回去。何况,我对警方到底查到了什么也感兴趣。"那么，请进。"说完，我用钥匙打开了自动锁。

我的住处是两居室，兼用为穗高企划的办公室。最近穗高总拿来一些奇怪的纸箱，所以屋里乱得像电器店的仓库一样。我大致能猜到纸箱里面装的是什么，估计都是些能联想到穗高前一段婚姻的东西。穗高就算再不在乎，也没脸让新婚妻子看到自己和前妻的情侣衫、结婚照之类的东西。

纸箱中有一部分是前妻邮寄给他的东西。据说前妻再婚时，也觉得前一段婚姻留下的物品碍事，所以忽然都寄给了他。

离婚就是这么回事——我还记得穗高苦笑着说这句话时的表情。

由于房间实在太乱，刑警好像也吓了一跳。我告诉他们注意脚下，并让他们坐在餐桌那里。我看到电话留言的灯亮着，但决定先不听。也许是雪笹香织粗心大意的留言。

这时，莎莉从纸箱后面出现了。它对陌生来客很警惕，但还是蹭到了我的脚边。我把它抱了起来。

"好可爱的猫啊，不知是什么品种？"土井问道。我告诉他是俄罗斯蓝猫，他只是含糊地点了点头。估计他对猫的品种根本不了解。

"作家去世了，事务所一般会怎么样？"穿深蓝色夹克的中川环视着房间问道。

"会倒闭，"我说道，"这是理所当然的事。"

两个刑警对视了一下，我察觉到他们有点幸灾乐祸。他们大概认为作家是个不用怎么付出就能捞钱的职业，因此感到嫉妒。

"对了，两位到底想问什么？"我催问道。我非常疲惫，没工夫和他们兜圈子。

"其实，我们是听神林贵弘先生说的。"土井以略显生硬的口气说道，"据说昨天有几个人聚集到穗高先生家，好像是为了准备今天的婚礼。"

"是的。"我点了点头，大致猜到他们想问什么了。

"听说当时，"土井继续说道，"有一个女人出现在院子里。"

如我所料，果然是这个话题。我毫不惊讶地点了点头。

"是的，的确有那么一回事。"

"那个女人是谁？据神林先生说，她与你好像很亲密。"

那个叫神林贵弘的人果然把该观察的都观察到了。这种时候，最好还是别做什么蹩脚的掩饰。我轻轻叹了一口气，然后摇了摇头。"她叫浪冈准子，是宠物医院的助理。"

"宠物医院？"

"就是我偶尔带它去的医院。"说完，我放开了莎莉。它跑到了窗户那边。

"这么说，是你认识的人？"土井问道。

"原来认识。"

"原来是什么意思？"土井露出了好奇的表情，中川也探出身子。

"她说她是穗高的粉丝，于是我把她介绍给了穗高。以此为契机，两人开始恋爱。"

"恋爱？但穗高先生今天是和别的女人结婚吧？"

"是的，也就是说……"我轮流看着两人，耸了耸肩，"她被抛弃了。"

"我们想仔细了解一下这方面的情况。"土井调整了一下坐姿。这个动作的意思大概是"一定要坐住了"。

"这倒无所谓,但我觉得听她本人讲是不是更好?反正她就住在附近。"

"啊,是吗?"

"是的,"我点了点头,"就在这栋公寓。"

两个刑警同时睁大了眼睛。

"那是……巧合吗?"土井问道。

"是巧合,或者说,正因为在同一栋公寓,才结识了她。"

"哦,是哪一间?"

"三〇三室。"

中川马上就记了下来,他臀部的一半已经离开了椅子。

"昨天你和那位浪冈小姐都谈了些什么?"土井问我。

"与其说是谈话,不如说是安抚,因为她非常激动,一直说要见见穗高的结婚对象。"

"是吗,然后呢?"

"让她先回家了,就这些。"

土井点了点头后,站起身来。"就像你说的那样,看来有必要向她本人了解情况。"

"一下电梯就是三〇三室。"

"谢谢。"土井说道。中川已经穿好鞋了。

刑警离开后,我从冰箱里拿出小罐的百威啤酒。墙上的钟指着十一点二十八分。

估计到了十一点半的时候,他们就会忙碌起来。我想,也只有这一会儿工夫能享受啤酒了。

2

时钟已经过了十二点半。日期虽然变了,但对我来说,今天暂时还不能结束。如我早上所料,今天果然是非常漫长的一天。

"我再确认一下,你是说浪冈小姐昨天虽然去了穗高先生家的院子,但并没有进房间?"面孔严肃的渡边警部问道。

"在我看到的范围内,是这样的。"我慎重地答道。

谈话地点就在我家,估计楼下正在进行现场勘验。对那层居民来说,这简直就是一场灾难,我不禁有些同情他们。由于窗户紧闭,听不到什么,但公寓周围一定聚集了很多看热闹的人。刚才从上面看,五辆警车周围站满了住在附近的人。

我之前曾打算找个机会告诉警方,有一个名叫浪冈准子的女人被穗高抛弃,没想到尸体今晚就被发现了。虽然与我的计划有出入,倒是省了不少麻烦。

神色大变的土井回到我家时是十一点三十三分。当时,百威只喝了一半。

随后,土井带我到三〇三室确认那具尸体,问我是不是浪冈准子本人,我回答说千真万确。当然,我也没忘摆出非常惊愕的表情,并做出因看到尸体而发怵的样子。

我按土井的指示在家中待命,不久现场负责人渡边警部出现了,开始问浪冈准子和穗高诚的关系等问题。除了搬运尸体那件事外,我都如实说了,还告诉他们浪冈准子曾为穗高堕胎一事。

"听你这么一讲,浪冈小姐好像非常恨穗高先生,这点你怎么看?"渡边警部问这句话时,目光犀利得像是要看穿我。

"可能有恨意,不过……"我直视警部,对着他那估计从没认真考虑过女人心情的方脸说道,"我觉得她还是喜欢穗高的,直到最后。"

渡边警部表情复杂地点了点头。我后面说的那些话作为侦查资料可能毫无用处。

过了凌晨一点,刑警们才离开。我吃了一碗方便面果腹。作为漫长一天的总结,这顿饭实在有点寒酸。

我决定冲个澡。终于可以脱掉这身从早上一直穿到现在的礼服了。我怕衣服会起皱,便沿着裤线叠好后挂在了衣架上,因为明天或后天守夜时可能还得穿一次。

从浴室出来后,我想起电话里还有留言,于是按了播放键。令人惊讶的是,里面竟有十三条留言,都是新闻媒体想采访穗高死亡一事。估计到了明天,这种攻势会更为猛烈。一想到要对付这些事,我便感到头痛。

穗高忽然死亡是中午十二点左右,因此傍晚以后的新闻节目都会报道这件事。也就是说,现在全日本都知道了。

我打开电视,但因为已经半夜两点多,没有一个台在播新闻。剩下的就是报纸了。但周日没有晚报,就算有,估计也还没来得及写新闻稿。

想到这儿,我忽然想起还没取周日的报纸。虽然没什么特别想看的,我还是决定下楼去拿。其实还有一个目的,就是看看警方调查到什么程度了。

我想看看三楼的情况,所以没有乘电梯。从逃生楼梯的位置看,三〇三室房门紧闭,里面好像没有侦查员在走动。我以为这种情况下会有站岗的警察,却并未看到人影。

我从三楼搭电梯来到一楼。自动上锁式的大门旁就是各户的信箱。

那里站着一个男人,穿着近似黑色的墨绿色西服,身高应该有一米八左右。他肩膀非常宽,像是专门练过某种体育项目。

男人面对着信箱,似乎在看里面的情况,时不时弯下腰。发现他看的是三〇三室的信箱时,我不禁有些紧张。难道他是警察?

我装出若无其事的样子,走近自己的信箱。信箱是将号码盘转三位数,与密码吻合就能开启的那种。转号码盘时,高个子男人一直看着我。我想,他可能会跟我搭话。

"请问是骏河先生吗?"果然不出所料。他的声音不大,却很清晰。

"是的。"我回答,"你怎么知道我的名字?"

"从房间号判断的。"男人说道。他的脸有些黑,面部轮廓很立体,看起来三十多岁。

"你是……"我问他。

男人微微颔首:"我是练马警察局的加贺。"

"加贺先生?"

"加贺百万石①的加贺。"

"哦,"这是一个很少见的姓氏,"你在这儿干什么?"

"我在看这个信箱,"加贺摆弄着三〇三室信箱的号码盘,"看看能不能把它打开。"

---

①江户时代,加贺藩主的俸禄为一百万石,"加贺百万石"一词常用来指代加贺藩。

我吃惊地看着他。"就算是刑警,这么做也不妥当吧?"

"倒也是,"加贺笑了笑,再次看了看信箱,"可我很想拿出一件东西。"

"什么东西?"

"过来看看。"加贺向我招了招手,然后指了指信箱的投递口,"从这条缝向里看,里面是不是有张联系表?就是客户不在家时,快递公司留下的那种表。"

"是啊。"信箱里的确有那种东西,但因为里面很暗,看不清内容。"这有什么问题?"

"上面好像写着'周六下午三点半'的字样。"加贺再次往信箱里看了看,说道。

"那又怎么样?"我问他。

"如果这张联系表是三点半放进去的,说明浪冈小姐当时不在家。但是据相关人,也就是你所说,浪冈小姐下午一点多已经离开了穗高先生的家。如果那个时间离开石神井公园,就算再晚,两点之前也能回到这里。不知浪冈小姐到底顺道去了哪儿?"加贺一字一板地说道。

听到这儿,我吓了一跳。周六三点半时,准子应该是在穗高家的院子里。她自杀之前还用手机给我打过电话。

"未必是不在家吧。"听我这么说,加贺歪着头,似乎很不解。我看着他继续说道:"我的意思是,当时她也许已经死了。"

这个说法应该没什么破绽,但是,练马警察局刑警的表情仍然充满怀疑。

"有什么问题吗?"我问道。

加贺看着我。"楼下的人听到过声响。"

"楼下的人?"

"二〇三室的住户。那个人说,周六的傍晚,天已经黑了,大概在六点左右,他确实听到楼上有声响。那个人说平时并不留心这些,但那天恰好因感冒一直躺在床上,就注意到了。"

"是吗……"我想,一定是那个时候,就是我和穗高把尸体搬进去时。当时我们根本无暇留意脚步声。

"所以,浪冈小姐的死亡时间应该是在那以后才对。"加贺说道,"当然,如果脚步声不是浪冈小姐发出的,那就另当别论了。"

我觉得他的后半句话另有含意,所以看了看他的脸。但他好像并没有觉得说了什么特别的话。

"也许……"我把报纸夹在腋下,准备离开,"也许她离开穗高家后,去哪儿闲逛了吧。毕竟是打算自杀的人,精神状态一定不同于常人。"

"也有可能。可她到底去了哪儿……"

我打开自动上锁式的大门进去后,加贺一脸理所当然的表情跟了进来。他好像还打算一起乘电梯。

"现在还要调查吗?"进入电梯后,我按了五楼和三楼的按钮后问道。

"不,只是看守现场,是个打杂的活儿。"加贺虽然这么说,却不像是因辖区刑警的身份而贬低自己,嘴边的微笑让人感到他那莫名的自信。我不由得毛骨悚然。

电梯在三楼停下。

"我先走了。今天发生了很多事,估计你也累了,今晚请好好休息。"加贺说着走出了电梯。

"谢谢,你也是。再见。"说完,我按下电梯的关门键。

电梯就要关上时,加贺突然伸出右手把门挡了回去。我不禁向后退了一步。

"我可否最后问一个问题?"

"你说。"我抑制着轻微的不安说道。

"骏河先生和死去的浪冈小姐也很熟吧?"

"嗯,算是吧。"不知他想问什么,我心里提高了警惕。

"据骏河先生了解,浪冈小姐是什么样的人?是性格细腻,还是不拘小节、粗心大意?"

他怎么会问这么奇怪的问题?真不知道是出于什么目的。

"她为人精细,不然也做不了与生命有关的工作。"

听到我的回答,加贺点了点头。"据说她在宠物医院工作?"

"是的。"

"她平时注意穿着打扮吗?"

"算是吧。反正没见她穿过什么奇装异服。"

"哦,听你这么说,我觉得有点奇怪。"

"怎么了?"我已经有些不耐烦了,不知这个人想挡电梯门挡到什么时候。

加贺指了指旁边的门,正是三〇三室。"留有遗书的事,不知你听说了没有?"

"听说了。"

"据说是写在传单的背面,还是美容沙龙的传单。"

"是吗?"我装出像是第一次听说的表情。

"不觉得奇怪吗?为什么会把遗言写在传单的背面?我们调查过她的住处,有很多漂亮的信纸。而且那张传单的一边还被裁掉了。"

我边听边想,果然有人指出了这一点。我对此早有心理准备。"这个……可能是因为她满脑子想的都是自杀的事,所以失去平常心了吧。"

"从现场的状况来看,不像是一时冲动而自杀的。"

"这个嘛……"我耸耸肩,叹了口气,"我也不清楚,毕竟我没有自杀经验。"

"也是。当然,我也没有经验。"加贺露出了洁白的牙齿,但马上闭上嘴,然后轻轻地扭了扭脖子,"对了,还有一件事无法理解。"

"什么事?"

"草坪上的草。"

"草坪上的草?"

"是的,那东西沾在浪冈小姐的头发上,是枯草。怎么会沾上那种东西?除非在公园打滚,不然一般情况下是不会沾上的。"

我什么都没说。或者说,没法说什么。

"骏河先生,"加贺问道,"穗高先生家的院子里有草坪吗?"

"有。"我不得已只能点头。

"哦。"加贺默默地注视着我。

我很想把脸扭开,但还是逼着自己直视他。

加贺终于把手从电梯门上拿开。"不好意思,占用你不少时间。"

"失陪了。"等电梯门彻底关上后,我才松了一口气。回到自己的住处,我先喝了一杯水,因为嗓子干得要命。

有关准子家的钥匙,我不是没有想到过。既然没有备用钥匙,就不能从外面上锁。与其家中没有钥匙，不如选择门没有上锁。反正都是反常，我宁愿选择后者。

没关系，不会因为那种程度的反常就查到真相的。装到底，说我什么都不知道就行。

但是——

练马警察局的加贺。对这个人要警惕。准子头发上沾着枯草，这一点我确实疏忽了。但只凭一个辖区刑警的力量，估计也做不了什么。

趴在餐桌上的莎莉起身伸了个懒腰。我用双手抱起它，站到窗前。将猫和自己映照在玻璃上，是我最近的乐趣之一。

"你每天都应该抚摩它。对它来说，那种感觉就像是母亲舔它一样。"我想起了准子抚摩着莎莉的后背说这句话时的侧脸。

漫长的一天终于要结束了。

我的心中没有任何罪恶感。因为，我只是做了应该做的事。

将映在玻璃上的猫的脸和准子的脸重叠后，我在心中自语。

准子，我为你报了仇。

我杀了穗高诚。

神林貴弘之章　三

1

纯净的女高音像风一样拂过了我的心。这是《费加罗的婚礼》中的曲子。闭上眼睛,我不知为何联想到了比云彩还高的高空。心中积存再多的黑暗,美丽的歌声也能让它们消失得无影无踪。我可以理解肖申克监狱中的囚犯们忽然听到从扬声器传来美妙歌声时的心情了。

美和子在旁边的床上沉睡。看到她安详的睡脸,我希望她永远沉浸在梦乡中。因为睁开眼,只有残酷的现实在等着她。

时间已过了凌晨三点,我仍毫无睡意。

美和子在酒店醒过来时,是昨天下午四点多。当时她好像想不起到底发生了什么,也不知自己为何躺在那里。她看到我,便嘟囔了一句:"我怎么……"

我以为她忘记了一切,打算向她说明情况。但还没等我开口,她就捂住嘴巴,声泪俱下地说道:"原来那些……不是梦。"

我没能说什么。我非常理解,她是多么想把那些事当成噩梦忘掉。

之后,美和子的哭号持续了几分钟。她就像小孩子诉说自己的伤痛一样哭泣。她的确受了深深的打击,心如同被刀切掉了一块,伤口还不断地流着鲜血。我只能守在她身边,默默地看着她。

忽然,美和子停止哭泣,从床上起身,像是要去哪儿。我抓住她的手,问她要干什么。

"我要去找诚,"美和子说道,"我想看看他的脸。"她想挣脱我的手,力气非常大,简直就像是被什么附了身一样,嘴里则一直说着"我得去,我一定得去"。

"他的尸体估计已经搬出去了。"我说道。

她顿时就像断了线的木偶一样停止了动作。"去了哪儿?"她问道。

"估计是……医院吧,因为需要查明死因什么的,应该是警察运走的。"

"死因?警察?"美和子面容扭曲,她坐在床上,双手抱住头,不断地摇晃身体,"到底是怎么回事?为什么会这样?"

我坐到她身旁,搂住了她单薄的肩膀。"目前谁也不清楚到底发生了什么。不过能确定的是,穗高先生已经不在了。"

她再次开始哽咽,身体靠在我身上,脸埋在我胸前,浑身颤抖。我抚摸着她的后背。

我本打算让她再睡一会儿,但她说不想在这里睡。"这地方本身就让我难受。"

我这才想起,这是为婚礼结束后的新郎新娘准备的房间。

没过多久,有人来敲门,是个穿着棕色西服的刑警。他说:"想跟令妹了解一下情况。"

我问能否改天再说,他便让一步说:"那么,和兄长了解情况也是可以的。"

没办法,我提出条件,说我现在不能离开妹妹,而且还想尽快带她回家休息,所以希望到家后再接受调查。

这个要求顺利得到了批准,我们被准许回家。但警车紧紧跟在我们坐的出租车后面。

回到横滨的家,让美和子躺在她熟悉的床上后,我才让刑警们进屋。

刑警们的问题不仅毫无根据,还莫名其妙,没有什么逻辑,不论是时间上还是空间上都有很大的跳跃性。有时闲聊半天后,忽然又问到穗高的为人。我担心他们问得这么没有条理,能不能整理好,但他们应该自有打算。我想警方是不想让我发现调查的重点在哪里。他们甚至都没有明确提起穗高可能是死于他杀。

事实上,我能提供给警方的信息并不多,因为我对穗高诚这个人不是很了解。警方好像是在找不大赞成穗高与美和子结婚的人,我当然不能举出自己的名字。

不过有一件事,我说完后他们眼神大变。就是周六白天在穗高家看到奇怪女子一事。我对他们说,一个穿着白色连衣裙的长发女子丢了魂似的看着屋内,不,应该是看着穗高。

刑警们想了解更详细的情况,包括她的年龄、名字和长相。

于是我告诉他们,骏河直之将那个女子领到院子的角落,好像说了些非常沉重的话题。

刑警们离开后,我熬了蔬菜汤,附上牛奶和羊角面包,送到美和子的房间。她躺在床上,并没有睡着。眼泪倒是止住了,不过眼睛还是红红的。

美和子说什么都不想吃，但我还是逼她喝了半碗汤，然后再让她躺下，并帮她盖上了被子。她用红肿的眼睛看着我。"哥哥。"她小声说道。

"怎么了？"

"……给我点……药吧。"

"药？"

"安眠药。"

"那个啊……"

我们对视着。种种思绪，种种感觉，好像在那一刻交织在我们之间。但我们谁都没有说话。

我回到自己的房间，从抽屉里拿出了一粒安眠药。这是从经常就诊的医生那里要来的。自从被寄养在亲戚家后，我每年都会犯几次严重的失眠症。这种症状持续至今。

回到美和子的房间，我把药片放进她的嘴里，让她喝水咽了下去。

吃完药后，她在床上注视着我。她可能是想说"其实我想吃更多的安眠药"，但我决不能允许她那么做。

没多久，她闭上了眼睛，一分钟后便睡着了。我从自己的房间拿来随身听和三张莫扎特的CD，靠在墙上开始依次听下去。《费加罗的婚礼》收录在第三张CD里。

明天一定也是难受的一天。我不知怎样才能抚慰美和子受伤的心，除了陪在她身边，我什么也做不了。

坐在沉睡的美和子的身边，抱膝听着自己喜欢的音乐，对我来说这是非常幸福的时刻。我想守护这样的时刻，除此之外，别无所求。我只是希望我们的世界不被破坏。

美和子心里的伤口可能会结痂并留下难看的疤痕，但我还是放心了。因为她在千钧一发之际得救了。

穗高诚——他是个死了也活该的人。

不过，那封恐吓信究竟是谁写的？

当然，我没有告诉警方有关那封恐吓信与药的事情。

2

电话铃在响。睁开眼的一瞬间，我不知道自己在哪里，因为映入眼帘的是陌生的墙纸。几秒钟后，我才想起这是美和子的房间。感到墙纸陌生，是因为之前屋里一直摆着家具，没有机会仔细观察墙壁。

是我房间里的电话在响。我按着太阳穴走到隔壁，拿起话筒。看了看表，才早上八点多。

一个语速非常快的女声传进耳中，音调非常高，害我不得不把话筒拿远一点。我的大脑还没醒过来，所以很难理解对方的意思。听了半天，才反应过来是电视台的人。他们想听听美和子对穗高死亡的看法。

我说她现在根本不是能说话的状态，就挂了电话。挂完我就后悔了。因为我想到，方才那简短的说明对他们来说也是一个信息。

我接着往大学打电话，说今明两天要请假。对亲人遭遇了不幸这个理由，办公室的人没有怀疑。

刚放下话筒，电话又响了起来。又是电视台的人。我告诉他们，若想知道案件的情况,可以向警方咨询,然后挂掉了电话。

不知他们是从哪儿查到电话号码的。之后还有很多新闻媒体的人打来电话。我甚至想,要不就把电话线拔了算了,但还得顾及大学那边,也许会有紧急通知。

早报的社会版大篇幅刊登了有关这件事的报道。此事之所以备受瞩目,一是因为死者是个有名的作家,二是因为死亡的情况比较特殊。我仔细读了报道,并没有发现什么新的内容,顶多提到死因可能是中毒。至于鼻炎胶囊,压根就没人提及。

但那帮记者已经嗅出他杀的可能了,正因如此,他们才拼命地搜集信息。我想,他们要是察觉到鼻炎胶囊的存在,事情可能会变得麻烦。

正一片混乱时,对讲机的铃响了。我不耐烦地拿起了话筒,以为是媒体的人直接找上门来了。

对讲机里传来一个男人的声音,说是警视厅搜查一科的。

我到一楼打开玄关门,发现是昨天那两个刑警——姓山崎的中年人和姓菅原的年轻人。

"我们按照你说的进行调查后,发现了新的事实,所以想向令妹了解一下情况。"山崎说道。

"我说的?"

"就是站在穗高先生家院子里的那个白衣女子。"

"哦,"我点点头表示明白,"查到是谁了吗?"

"嗯,算是吧。"山崎摸了摸下巴,看来他并不想马上就说出详情,"能让我们见一见令妹吗?"

"妹妹还在睡觉,而且她还没能从精神打击中恢复过来。"

"能不能通融一下？"

"可是……"

这时，背后传来了脚步声。两个刑警同时看向我背后，山崎微微张开了嘴。

我转过头，美和子正在下楼梯。她穿着牛仔裤和运动衫，右手搭在墙上小心翼翼地往下走，脸色很难说有多好。

"美和子，你没事吗？"我问她。

"嗯，没事，比起这个……"美和子走下楼后，看着山崎，"请告诉我刚才你说的那件事。白衣女子是谁？站在穗高先生家的院子里又是怎么回事？"

山崎一脸困惑地看着我。"难道你没有对令妹说那个女子的事……"

我回答说没有。昨天那种状态根本没法告诉她。

"到底是怎么回事？请告诉我，我已经没事了。"她的声音像是在恳求。刑警们看着我。

"那么，两位请进。"我对他们说道。

在有壁龛的日式套间里，我们兄妹和两个刑警面对面坐了下来。首先，我对美和子讲了周六看到的那个穿着白色连衣裙的女子。如我所料，她不认识那个女子。

山崎告诉我们那个女子叫浪冈准子。"她在宠物医院工作，与骏河先生住在同一栋公寓。"山崎补充道。

"那样的人为什么会出现在穗高先生家的院子里？"美和子不知所措地问道。

山崎和旁边的菅原对视了一下，然后再次把脸转向美和子。他们的表情都有点发窘。"穗高先生以前没跟你提过她吗？"

"从来没有。"她摇了摇头。

"这样啊……"山崎又摸了摸下巴，这好像是他在犹豫该怎么说时的一种习惯。最后，他下定决心似的说道："听骏河先生说，那个女子好像是穗高先生的前女友。"

听到这句话，美和子立刻挺直了后背。我感觉到她好像收起下巴，咽了一口唾沫。"所以呢？"她问道，"为什么前女友那天会出现在他家？"

令我意外的是，她的语气很坚定。这让我不由得看了看她的侧脸。

"我们也不大清楚详细情况，但可以确定的是，那个姓浪冈的女子好像对穗高先生结婚很不满意。"

"那是……为什么？"

"其实，昨天晚上警方去浪冈小姐家拜访时……"山崎好像是出于犹豫停顿了一下，然后舔了舔嘴唇，"她已经死在家里了。"

我不由得挺直了后背。那个人死了——

旁边传来美和子倒抽一口气的声音，却没有听到呼气声。"是因为……生病吗？"她问道。

"不是，死因好像是药物中毒。"

"中毒……"

"是一种叫硝酸士的宁的药物。"山崎打开记事本，扶了扶眼镜，"这种药通常作为中枢神经兴奋剂，给发生呼吸不畅或心肌梗死的动物使用。由于药的见效量与致死量相差不大，所以弄错药量会有致死的危险。这种药在浪冈小姐工作的宠物医院是常备药。"

我点了点头。我对这种药的药效很清楚。那家伙由于我给的毒药死亡,那场景至今印在我的脑海里。

"这么说,那个人是自杀?"我试着问。

"现在只能说,那种可能性比较大。"

"请问那个人的死与穗高先生有什么关系吗?"美和子问道。她用近似挑衅的眼神看着刑警。

山崎对菅原使了个眼色。年轻警察从上衣口袋中拿出一张照片,摆在桌子上。

"请看这个。"山崎说道。

我在美和子旁边看了一眼。照片像是用宝丽莱照的,照片中是放在面巾纸上的胶囊,看着很眼熟。

"你有没有见过这种胶囊?"

"好像和穗高先生的……鼻炎药很像。"美和子回答。

"这是在浪冈小姐的住处找到的,"山崎说道,"里面的粉末已被替换成硝酸士的宁。"

"什么?"美和子抬起脸,眼睛瞪得很大。

"另外,"山崎以例行公事般的语气继续说道,"昨天去世的穗高先生,死因也是硝酸士的宁中毒。"

山崎声音的回音比之前要大,也许是听到这句话后我们都保持沉默之故。美和子露出像被判了刑的被告一样的表情,一直注视着对面的刑警,甚至眼皮都没动一下。

"那……"说完我咳了一声,因为无法顺利发出声音,"到底是怎么回事?两人的死因相同,而且毒胶囊出现在那个姓浪冈的女子家中。难道是她在穗高先生的药里动了手脚?"

"现在无法确切说明什么,我们只是在传达事实而已。"山崎说道,

"但可以这么说,曾经交往过的两个人几乎在同一天、死于同一种药物,这绝对不可能是偶然。"

"那里,"美和子动了动嘴唇,"放着毒胶囊,是吗?就是那个——我交给他的小药盒里……"

"美和子,"我看着她苍白的脸颊说道,"就算是这样,也不怪你。"

如此平淡无奇的话根本起不到抚慰她的作用。美和子好像也无法继续在刑警面前故作坚强。她紧闭着嘴,看着下方,眼泪一滴一滴掉在榻榻米上。"太过分了。"她自语道,"这么做,太过分了。"

"我们现在想了解的是……"山崎开口说道,他好像也非常为难,"嫌疑人能否在穗高先生的药瓶里混入那种毒胶囊。如果能,究竟是什么时候放进去的。我们想听听你的意见。"

"那种事,我怎么会知道呢……"

"从穗高先生那里拿到药瓶是什么时候?"

"周六的白天。大家一起去意大利餐厅之前,他把药瓶交给我,让我保管。"

"之前瓶子放在哪儿?"

"放在书桌的抽屉里。"

"平时就放在那里吗?"

"据我所知是这样。"

"有没有见到过穗高先生以外的人碰过那个药瓶?"

"没有,我也不记得。"美和子用双手捂住了脸。她的肩膀微微颤抖。

"能不能先到此为止?"我说道。

看到美和子这个样子,他们好像也知道我的要求并不过分。山崎好像还想问一些问题,露出一丝惋惜的表情,但最后还是不情愿地点了点头。

我让美和子留在房间,随后把刑警送到玄关。

"你可能觉得我们在这种时候还不体谅人,但这就是我们的工作。实在抱歉。"山崎穿好鞋,客气地鞠了一躬。

"可以问一个问题吗?"我试着问道。

"请说。"

"那个叫浪冈准子的人是什么时候死的?我是说,是在穗高先生死亡之前还是之后?"

山崎思索了片刻,不知该不该回答这个问题。他最终判断这点信息还是可以说的。"发现浪冈小姐的尸体时,她已经死亡一天以上了。"

"那就是说……"

"穗高先生去世前,她就已经死亡了。"

"哦,"我点了点头,"谢谢你。"

"请多保重。"刑警说完就离开了。

我锁上玄关门,开始思考。

尸体是昨晚发现的。那么,浪冈准子是在前天晚上之前死亡的。这说明给我写恐吓信的起码不会是她。

我的脑海中浮现出两个人的面孔。

雪笹香织之章 三

1

穿着丧服的男男女女在小雨中排成四列慢慢向前走，我耳边传来低沉的念经声。将接待工作交给别人后，我跟在了队伍的最后一排。站在身旁的男编辑正好认识我，邀我跟他一起打伞。

寺庙位于小路像棋盘一样错综复杂的住宅区内，这个地方叫上石神井。至于为什么会在这个寺庙举行穗高的告别仪式，我也不大清楚。我并不觉得之前一直一个人住的他会有皈依的寺庙。

据说，在东京火化后，遗骨会运到茨城的老家，在那里举办主要由亲朋好友参加的葬礼。有的编辑连那个葬礼都得参加，我真同情他们。

事情发生，即穗高死亡，已经过了四天。今天已经是周四了。葬礼拖到这么晚，是因为警方没能尽早归还遗体。

"你说电视台报道完这场葬礼后，事情会告一段落吗？"邀我一起打伞的编辑看了一眼后面说道。有很多拿着摄像机的人从远处拍我们。为了工作，就算穿着雨衣也要拍，可真够辛苦的。

"这可不好说。最近文艺界没什么新闻，估计还会靠这个话题拖一阵子吧。"我说道,"毕竟,这件事具备家庭主妇喜欢的三大要素。"

"三大要素?"

"名流,杀人案,爱恨情仇。"

"是啊,而且被害人死在教堂,这点也非常富有戏剧性,足够拍一部两小时短剧①了。"说到这儿,他赶紧捂住了嘴,似乎意识到自己的声音太大了。排在我们后面的人低声笑了起来。

轮到我们上香了。我重新拿好念珠。

虽然不知道电视节目今后会怎么样,但世人对穗高的离奇死亡失去兴趣只是时间问题。因为截至昨天的三日内,九成谜底已经揭开。

首先是穗高死亡后第一个周一的晚报上,已经出现了有关浪冈准子死亡的报道,但当时只是称练马区某公寓内发现一具单身女子的尸体。但是到了周二,某家体育报纸披露了她曾和穗高交往过的事实。这不大可能是警方说漏了嘴,应该是骏河直之透露的消息。他一定是想尽早了结这件事。

昨天又有别的报纸报道,穗高诚与浪冈准子均死于同一种药物中毒。那篇报道还提到,浪冈准子工作的宠物医院也使用这种名为硝酸士的宁的药物。

这件事自然地成为被畅销作家抛弃的女人在其婚礼当天殉情的故事。实际上,电视台的新闻节目等都在采访浪冈准子的同事来证明这个假设。

终于轮到我上香了。我深吸了一口气,走到前面。

穗高的遗像是一张常用在著作上的照片。虽然是很早以前照的,

---

①日本的一种电视剧形式,一般以中高年龄层的观众为对象,时长两小时,多为悬疑推理剧。

却一直被使用,可见他本人对这张照片非常满意。照片中的穗高并没有看正前方,而是微微斜着身子。

拍摄这张照片时,我就在他身旁。当时我们出版社出他的书,需要拍摄作者近照,所以我和摄影师去找他。拍照的地点是石神井公园的水池边。由我向穗高提问,摄影师则拍下了他回答问题时的表情。因此遗像中的他所看的,其实是我。

我开始上香。一次,两次。

合掌。

闭上眼睛的那一刻,我感到体内忽然涌出了什么。那个东西立刻让泪腺发热,我差点流下眼泪。我努力抑制住那股冲动,因为只要流出一滴泪,剩下的将会源源不断地流出来。眼下如果发生这种事,周围人不知道会怎么想。

我保持合掌的状态,努力调整气息,等待心情平静。还好,情绪就像退潮一样平静了下来。我装作什么都没有发生,离开了那里。

回到设有接待处的帐篷后,我心不在焉地看着开始变少的来宾。除了出版界的人,并没有认识的。

我反复琢磨刚才的心情,不知为什么会忽然想流泪。

我并不是因为穗高的死而感到悲伤。我不可能为那种事而悲伤。那种人本就应是这种下场。

触动我的,是那张遗像。照片中他视线的前方是我,几年前什么都不知道的我。那时的我,还不知道真正的爱与伤害,也不懂得什么是恨。那是对穗高敞开心怀的我。

看到那张遗像,我忽然觉得以前的自己很可怜,所以才想流泪。

2

丧主讲话结束后，开始出殡。几个编辑上去帮忙。

神林美和子好像要与哥哥贵弘一起去火葬场。她暂且是有遗属待遇的，但那也只能到今天为止。

我帮接待处收拾完毕，准备先回一趟家，换衣服后再去出版社。

"打扰一下。"一从寺庙里出来，便有人跟我打招呼。

回头一看，是个陌生男人，身材高挑，目光犀利，虽然穿着黑色西服，却不是丧服。他问我是不是雪笹香织女士，我说是。

"我是警察局的，不知能否占用你一点时间。一会儿就可以。"他与之前的其他刑警不同，并没有用试探的眼神看向我。

"十分钟左右的话，是可以的。"

"谢谢配合。"他向我行了个礼。

我们来到附近的一家咖啡店。若非情况特殊，我决不会进这种土里土气的店。墙上贴着菜单，上面写着冰咖啡三百八十元。除了我们，店里没有别的客人。

刑警自称姓加贺，是练马警察局的。"有社会地位的人的葬礼果然与众不同。我只是从远处看了看，就发现有很多名流出席。"加贺在等咖啡时说道。

"你是出于什么目的参加葬礼的呢？"我问道，想稍稍试探他一下。

"就是想过来看看，主要看看相关人士的脸。"加贺说完，看着我继续说道,"当然包括你。"

我把脸转向别处,有点受不了这种装腔作势的话。难道这个刑警真的这么认为?他可能是出于某种理由盯上了我。

一个中年女人端来了我们点的咖啡。这家店好像就她一个人经营。"听说案件基本解决了?"我试着问道。

"哦?"加贺喝了一口黑咖啡,然后歪了歪头。看他的表情,好像不是因为我的这句话,而是对咖啡的味道感到不满。"是如何解决的呢?"

"据说,那个叫浪冈准子的女人,因穗高的背叛产生怨恨,从医院偷出毒药后殉情,不是吗?"我喝了一口加了牛奶的咖啡,便明白了他刚才为什么会歪头。咖啡根本就没什么味道。

"搜查一科应该没有正式发布过那些内容。"

"但只要看媒体报道就能大致猜到。"

"这样啊,"加贺点点头,"但在我们看来,可以说是什么都没解决,无论外界怎么说。"

我默默地喝着难喝的咖啡,想着这个刑警话中的意思。刚才他说到的搜查一科大概是指警视厅搜查一科,练马警察局应该没有直接参与赤坂案件的侦查工作。不过浪冈准子的尸体是在练马的公寓发现的,所以警方采取了联合调查的方式。不知这个刑警要调查的究竟是哪一方面。

"对了,你想问我什么?"

加贺拿出记事本并打开。"非常简单的问题。请尽可能详细地告诉我,五月十七日,也就是上周六,你都做了什么?"

"上周六?"我皱了皱眉,"为什么问我这个?"

"当然是要作为调查的参考。"

"我不明白,这些怎么会成为调查的参考?我上周六做过什么和案件应该没什么关系吧。"

"这么说吧,"加贺微微眯入眼睛,视线立刻有了一种压迫感,"正是想确认与案件无关才这么问,你就当是排除法吧。"

"我还是不明白。听你的意思,像是周六发生了什么案件,所以现在要调查不在场证明。"

听到这里,加贺继续看着我,然后只用半边脸笑了一下。是一种无畏的、从容不迫的笑。"如你所说,可以理解为正在调查不在场证明。"

"什么证明?到底是什么案件的不在场证明?"我的声音不由得变大。加贺看了一眼旁边。顺着他的视线看过去,坐在收银台后翻报纸的女店主急忙低下了头。

"我只能告诉你,与浪冈小姐的死有关。"加贺说道。

"她不是死于自杀吗?还有什么可调查的?"我小声问道。

"咖啡豆太老了。"加贺将咖啡一饮而尽,看着杯底嘟囔了一句,然后问我,"能告诉我周六具体做什么了吗?还是说你不愿意告诉我?"

"我没有告诉你的义务——"

"当然没有,"加贺说道,"但如果这样,我将理解为你没有不在场证明,那么就不能从我们的名单中除掉你的名字。"

"什么名单?"

"这个无可奉告,"说完,他叹了一口气,"请记住,警察不回答问题,只会单方面提问。"

"我明白了,"我瞪着他说道,"你想要周六哪个时间段的不在场证明?"

"下午到晚上。"

我拿出日程记事本。虽然不用看也记得,但我就是想让他等等。我说自己先去了穗高家,与神林美和子谈工作上的事。

加贺马上开始提问。"据说穗高先生当时吃了鼻炎药,你还记得这件事吗?"

"嗯,记得。他当时说虽然刚刚吃过药,但药效好像已经没了,所以又从书桌的抽屉拿了药。因为他就着罐装咖啡吃药,我吓了一跳。"

"穗高先生从抽屉里拿出来的是药瓶,还是什么别的容器?"

"是药瓶。"说完,我又轻轻摆了一下手,"啊,不对,准确地说是药的包装盒,里面装着药瓶。"

"包装盒后来放哪里了?"

"好像……"我回忆着当时的情形回答道,"应该扔进了旁边的垃圾筐,因为交给美和子小姐的只有药瓶。"

我无法理解加贺为何没完没了地追问这件事。我觉得这和案件没有关系。

"谈完工作后做什么了?"

"大家一起去意大利餐厅吃饭。"

"用餐时有没有发生什么奇怪的事?"

"奇怪的事?"

"什么事都行,比如说遇到了特别的人,或是从哪儿来了电话等等。"

"电话……"

"是的。"加贺看着我微笑。他的笑容很迷人,但我感到他的表情背后藏着狡猾的意图。

这个刑警一定去过那家餐厅,并知道骏河直之中途离席,或许还知道他的手机曾响过。如果是这样,我现在可不能假装不知。

"虽不是什么大事……"我先这么说了一句,然后就说起骏河直之的手机响和他先离开餐厅的事。加贺以第一次听到这件事的表情记着笔记。

"用餐途中离席,是不是因为有什么急事?"

"不清楚,可能是吧。"我答道。有些事还是没必要告诉他。

"吃完饭后去了哪儿?"加贺果然问了我预想的问题。

决不能对他说真话。千万不能告诉他我偷偷去了穗高家,跟踪穗高和骏河,并进入浪冈准子的住处,发现了尸体。

我刚想说回了公司,马上又咽了回去。虽然是周六,也有不少上班的职员。只要调查一下,就能查到我那天有没有去过。

"回家了,"我回答说,"觉得累,就直接回了家。"

"直接回的?"

"中途逛了一会儿银座,什么都没买就回去了。"

"自己一个人?"

"是的,回到家后也一直是一个人,"我莞尔一笑,"所以还是没有不在场证明,对吗?"

加贺并没有立即说什么。不知是不是想看穿我的内心,他一直注视我的眼睛。不一会儿,他合上了记事本。"抱歉打扰你这么久。"

"可以了吗?"

"是的,今天就到此为止。"说完,他拿起桌上的账单起了身。我也站了起来。这时,他忽然回头看着我。"我有一个疑问。"

"什么?"

"穗高先生经常吃的那种鼻炎胶囊,一瓶有十二粒。浪冈小姐买的就是那个,并用它制作了毒胶囊。"

"这又怎么了?"

"但是我们在浪冈小姐的住处只找到了六粒胶囊。这到底是怎么回事?穗高先生只吃了一粒,那么剩下的胶囊在哪里?"

"那应该是……浪冈小姐自己吃了吧。"

"为什么?"

"为了自杀吧。"

加贺摇了摇头。"在自己家服药,没必要特意制成胶囊。即使浪冈小姐吃了一粒或两粒,怎么想也对不上数。"

我差点喊出声来,但在喊的前一刻停住了,努力控制自己的表情。"那是……有点奇怪。"

"对吧?如果是普通的自杀,绝不可能这样。"加贺说完,走向收银台。他宽阔的肩膀像在对我施加无言的压力。

我说了句"谢谢你的咖啡",走出破旧的咖啡店。

神林贵弘之章　四

1

等待穗高诚的尸体火化时，美和子一直站在休息室的窗边看着窗外。外面下着细雨，火葬场周围的树都被淋湿了。天空呈灰色，水泥地发出黝黑的光，窗外的风景好像变成了黑白的。美和子看着这样的风景，默默地站在那里。

休息室里的其他人基本也没说话，二十多个人都带着疲惫的表情坐在那里。穗高的母亲还在哭泣，这个因驼背而更显矮小的老妇人不时对旁边的男子说些什么，然后又用手绢抹着眼泪。男子表情悲伤地听她说话，时而重重点头。我在四天前的婚礼上见过穗高的母亲，但和那时比，她瘦得像是体重减少了一半。

休息室备有啤酒和其他酒，却很少有人喝。大家反而想要热茶，因为虽说是五月，却冷得让人想打开取暖设备。

我倒了两碗茶，走近美和子。我站到她身旁，她也没有马上把脸转过来。

"冷不冷？"我把一个茶碗递给美和子，问道。

美和子就像个机器人一样，转过头来，收紧下巴，看着我的手，过了几秒,才注意到茶碗。

"啊……谢谢。"美和子接过茶碗,但并没有喝,而是用双手将其紧紧握住,好像是要暖暖冰凉的手。

"还在想他的事吗?"话一出口,我便觉得自己问了愚蠢的问题。我面对美和子时经常会不经思考就说话。

还好,她没用鄙视的眼神看我。"算是吧。"她小声回答后,又说,"我在想他的西服。"

"西服?"

"为了这次旅行,他特意定做了西服。光是在店里试穿过的就有三件,不知道该怎么处理。"

我并不认为这事微不足道,因为她或许是在逐一确认自己失去的东西。

"他的家人会想办法处理掉吧。"我只能这么说。

但是,美和子却把这句话理解成另一种意思。她眨了眨眼,轻轻地说:"是啊,我并不是他的家人。"

"不是那个意思……"

这时,穿着丧服的男人进入休息室,告诉我们火化已结束。听到这一消息,所有人都慢吞吞地起身。我和美和子也向火化处走去。

穗高诚那经过锻炼的健壮身躯已经变成白骨和骨灰。由于量太少,我感到十分意外。我仿佛看到了人的本质。估计我被焚烧后也会变成这样。

在大家的沉默中,捡骨开始了。我原打算只在美和子旁边看看,但像是穗高亲戚的中年女子递给我一双筷子,我便夹了一块骨头放进了骨灰罐。我没能看出是哪个部位的骨头,那只是一块完全失去生命气息的白色碎片而已。

所有仪式结束后,我们在火葬场出口与穗高家的人道别。遗骨由穗高的父亲带走。

穗高道彦对美和子说,葬礼在茨城也会举行一次,但她不用特意过去参加。道彦是穗高的哥哥,但他们的五官和身材一点都不像。道彦身材矮胖,脑袋又大又圆。

"如果有需要我帮忙的,请让我去。"美和子小声说道。

"那个,路途遥远……而且都是不认识的人,你也会感到寂寞,所以真的不用特地过来了。"

听道彦的语气,更像是希望美和子千万不要去。我开始还以为他怕她的存在会引起人们对葬礼的好奇,但我立刻改变了这种想法。媒体连日来不断报道穗高诚的死因,目前看来,被前女友杀害的看法成了主流。但是穗高家无论如何都想否定这种说法,至少在老家,他们需要编出一个像样的借口。为此,也许有必要适当地歪曲事实,在这种情况下,美和子在场只会碍事。

美和子或许也想到了这一点,就没再坚持,只是说:"那么,有什么事请再联系。"道彦像是松了一口气。

和他们道别后,我们来到停车场,决定开老款沃尔沃回横滨。汽车刚开没多久,美和子喃喃道:"我,到底算是什么呢……"

"什么?"因为开着车,我只稍微转向她。

"对于穗高先生,我算是什么呢?"

"是恋人,也是结婚对象。"

"结婚对象……是啊,还特意定做了婚纱。我说过租一套就可以了。"

雨有点大，我调快雨刷的速度。雨刷上的胶已经老化，每次蹭到玻璃都会嘎吱作响，令人觉得廉价。

"不过，"她说道，"我没能成为新娘。明明穿上婚纱，打开了教堂的大门……"

我的眼前浮现出美和子回忆的情景。穿着白色礼服的穗高诚，倒在美和子即将走过的贞女路上。

车内一片沉默，只有雨刷发出规律的响声。我打开广播，扬声器传出古典音乐，曲调非常悲伤。

美和子拿出手绢，按了按眼角。很快传来她擤鼻涕的声音。

"用不用关掉？"我把手伸向按钮。

"没关系，不用了，我不是因为受到了音乐的刺激。"

"那就好。"

车窗开始变得模糊。我打开空调。

"对不起，"美和子说道，鼻音有点重，"原打算今天不再哭的。从今早开始，我一次眼泪都没掉吧？"

"哭出来也没关系。"我说道。

我们沉默了好一阵子。沃尔沃静静地行驶在通往横滨的高速公路上。

"对了，哥哥，"汽车下高速进市区时，美和子问我，"真的是那个人干的吗？"

"那个人？"

"那个女人。那个，浪冈准子小姐……对吧？"

"哦，"我终于明白了美和子说的是什么，"应该是吧。两人都死于同一种毒药，这绝不是偶然。"

"可警方什么也没公布。"

"估计还处于确认阶段。那帮家伙，除非有特殊情况，否则不会在调查中途公布任何信息的。"

"哦。"

"你到底想说什么？"

"倒不是想说什么，就是有几件事情无法理解……也许都是些小事。"

"说说看吧？还是觉得跟我说也没用？"

"没有，我没那么想。"美和子好像微微笑了一下。我一直看着前方，所以只是感到了那种气氛而已。"我觉得有些不自然，在把毒胶囊放进药瓶这一点上……"

"不自然？你是说穗高先生是通过别的途径服毒身亡的？"

"那倒不是，药瓶里混入了毒胶囊，我觉得这点应该没错，因为在婚礼开始之前，他除了药以外没吃其他东西。"

"那有什么不自然？"

"嗯……不自然这个词可能不大贴切，但浪冈小姐投毒这一点，我总觉得不大对劲。"

"为什么？"

"按哥哥你的说法，那个人只是出现在诚的院子里，骏河先生很快就把她领到了外面。她应该是没有机会接近药瓶的。"

"药可能不是那天放进去的。她曾经是穗高先生的女友，可以自由出入那个家，可能还有备用钥匙。在归还备用钥匙之前，她也可能另配了一把。如果是这样，她可以随时潜入并把毒胶囊放进药瓶里。"

能如此流畅地回应，是因为我也曾考虑过这方面的问题。不用美和子说，我也知道五月十七日浪冈准子没有机会投毒，那天一直坐在客厅的我最清楚这一点。正因如此，我才有必要想清楚，如果浪冈准子投了毒，应该是在什么时候。

　　"那么，"美和子说道，"浪冈小姐她为什么会出现在院子里呢？"

　　"可能是想……道别吧。"

　　"跟诚道别？"

　　"对。那时她已经决定自杀，所以也许是想最后再看一眼穗高先生。这么想奇怪吗？"

　　"不，倒不觉得奇怪。"

　　"那你觉得哪里有问题？"

　　"我在想，如果是我会怎样，遭到心上人背叛，而且对方还要跟别的女人结婚……"

　　"美和子你不会自杀吧？"我瞥了她一眼说道，"你不会做那么愚蠢的事吧？"

　　"不到那种时候是不知道的。"美和子说，"不过，我能理解与其被横刀夺爱，不如杀掉心上人然后自杀的想法。"

　　"那么，浪冈准子的行为也可以理解吧。"

　　"大体可以，不过，"她停顿了一下说道，"如果是我，决不会孤零零地死在自己家里。"

　　"那你会怎么做？"

　　"最好先杀掉心上人，然后在他身旁自杀。"

　　"她或许也希望这样，但在当时的情况下不可能，毕竟那时还有很多人在场。再说，既然选择这种杀人方法，就很难指望穗高先生恰好倒在她眼前,因为无法预测他什么时候吃下毒胶囊。第二天就是婚礼,他会直接去新婚旅行,很长一段时间不回来。也就是说,他死在旅途中的可能性也比较大。所以,她根本无法接近他的尸体。这样一来,只能孤零零地自杀了。"

"嗯,这一点我也明白,所以我才说最好能那样。但如果是我,就算没法死在心上人的尸体旁,也不想在一个完全不相关的地方死去。"

红灯亮了,我慢慢踩下刹车。汽车完全停下后,我看着她。"如果是你,会选哪里?"

"这个啊,"她稍稍歪着头说,"也许是和他相恋时值得留恋的地方。"

"比如说……"

"他家,或是他家附近。"她声音虽小,语气却很干脆,"这样,他就知道我死了。我决不会默默地在自己家里死去。一想到他还不知道我已自杀,便服毒死了,就感到悲凉。"

"这样啊。"绿灯亮了,我踩下油门。我想,也许会有这种事,毕竟浪冈准子希望的是殉情。"但不管怎样,浪冈准子在自己家中自杀是不可动摇的事实。再怎么不自然,也得接受。"

"这个我也明白。"美和子说完,又一次陷入沉默。她的沉默让我感到不安。

到家时,太阳早已落山。车灯的光反射在湿润的地面上。雨好像已经停了。

将沃尔沃开进车库前,我让美和子先下了车,因为车库很窄,停下车后就没有打开副驾驶车门的空间。

美和子一直在门前等我从车库出来,我问她怎么不先进去。

"总觉得有点不好意思,因为之前我一直告诉自己,这里已经不是我的家了。"美和子说着,眯起眼睛注视着我们陈旧的家。

"这是你的家。"我说道,"就算结了婚,这点也不会改变。"

"是吗?"她垂下眼帘,小声说道。

正要打开门的时候,我听见有人喊"神林先生"。回头一看,马路对面,一个男人正向我们走来。是个陌生人,身材高大,肩膀很宽,所以脸显得很小,像是外国人。

"请问是神林贵弘先生和美和子小姐吧?"男人像是在确认一样。从他的语气,我猜到来者是谁,感到非常郁闷。我真的很希望今晚就和美和子两个人平静度过。

不出所料,男人拿出警察手册,说道:"我是警察,有些事想了解一下。"

"不能改在明天吗?我和妹妹今天都很疲惫。"

"非常抱歉。是去参加石神井那儿的葬礼了吧?"刑警说道。估计他是从我们的衣服判断的。

"是的,所以我们想尽快休息。"我打开门,轻轻推了一下美和子,让她先进去,我跟在她身后。可是,刑警按住了我想顺手关上的门。

"三十分钟就可以——或者二十分钟也行。"他不肯罢休。

"明天再说吧。"

"拜托了,因为发现了新线索。"他说道。

这句话引起了我的兴趣,我问道:"新线索?"

"是的,有不少。"他直视着我的眼睛说道,目光犀利深邃。从他的眼神可以看出,他的内心世界非常坚定,全身散发出把人引入那个世界的气场。

"哥哥,"美和子在我身后说道,"让人家进来吧。我没事。"

我回头看了看她,叹了口气,然后再次转向刑警。"三十分钟能结束吗?"我问他。

"我保证。"他说道。

我松开扶着门的手。刑警打开门,走了进来。

2

男人自称是练马警察局的加贺。虽然没有明说,但他好像是在调查浪冈准子自杀一事。我胡乱猜想,既然是辖区的刑警,那么即便是联合调查,他能活动的范围恐怕也有限。

"首先我想问的是五月十七日白天的事情。"加贺站在玄关的换鞋处说道。

一个穿着黑色西服的大汉站在那里,像是死神找上门来一样。美和子请他进来,但他微笑着说在那里就可以。他就像面临比赛的业余选手,表情振奋,却又有些僵硬。我觉得他不像刑警。

"如果是指浪冈小姐忽然出现在穗高先生家的事,我已经向其他警察说过好几次了。"

听到我的话,加贺点了点头。"我知道,但我想亲自听一遍。"

我叹了一口气。"不知你想了解十七日的什么情况?"

"首先是两位的行动。"他拿出记事本,摆出要记笔记的样子,"那天,两位好像是上午离开这里,晚上住在举办婚礼的酒店,对吧?

能否尽可能详细地告诉我那期间的情况？"

从他的话判断，"早上出家门去了穗高先生家，晚上则去了酒店"这种程度的叙述恐怕是无法让他信服的。没办法，我只能借美和子的帮助，尽最大可能详细说明那天我们的情况。其实我认为没必要将走出意大利餐厅后与穗高他们道别的事也讲出来，但加贺并没有打断我。于是，我把直到在酒店入睡前的所有行动都告诉了他。

他边听我讲话边迅速记笔记，随后停笔思考了十几秒，然后抬起头。"那么，除了下午六点到八点多美和子小姐去美容院的时间，两位一直在一起，是吧？"

"是的。"

美和子也在我身边点了点头。我们仍穿着丧服。

"刚才你说在等美和子小姐时，你曾在酒店的咖啡厅打发时间。请问，你一直坐在那儿吗？"加贺问我。

我觉得麻烦，想说"是的"，但他犀利的眼神像是在说"你要是说谎，我马上就能查出真相"。

没办法，我回答道："去咖啡厅之前，我去买了点东西。去了一趟附近的书店，还逛了逛便利店。"

"哦？你还记得店的位置和店名吗？"

"叫什么来着……"我已经完全不记得了，但想起了另一件事，"啊，对了……"我从口袋里拿出钱包找了找，果然翻出一张小票。我递给加贺。"这就是那家便利店的。"

加贺把手伸进上衣内侧口袋，拿出一副白手套，迅速戴好，拿起小票。"看来就在那家酒店附近。"加贺说道，大概是看到了上面印的地址，"书店的呢？"

"书店的找不到了,可能扔掉了。但我还记得就在便利店那条街上。"

"是买了克莱顿的书吧?"美和子在旁边说道。

"对。"

"迈克尔·克莱顿?"加贺问道,表情好像变得温和了一些。

"对,买了文库本的上下册。"

"是不是《大暴光》?"

"对。"我有点吃惊地看着他的脸。我觉得,即便知道迈克尔·克莱顿,一般情况下联想到的也是《侏罗纪公园》或《失落的世界》。"你怎么猜到的?"我问道。

"第六感。"他继续说道,"《机身》也很精彩。"

明白了,原来他是迈克尔·克莱顿的粉丝。

"你在便利店……"加贺看着小票说道,"买了酒和小吃。"

"睡前想喝点酒,失眠的话可就惨了。"

"这样啊,我非常理解。"加贺看了看我和美和子,点点头说道,他好像想起了第二天就是婚礼。至于我为何担心那一夜无法入睡,恐怕这个看起来独具慧眼的刑警也猜不到。

他用手指夹住小票,晃了晃。"我可以借用一下吗?"

"可以。"我说道。

我并不觉得那个东西会有什么大用处,但加贺从上衣内侧口袋拿出一个小塑料袋,像是摆弄贵重物品一样,小心翼翼地将小票放了进去。我真想问问他,口袋里还装着什么。

"那么,美和子小姐从美容院出来后,两位在日本料理店用餐,直到回各自房间之前一直都在一起。请问能证明这些事吗?比如见到了谁之类的。"加贺开始问下一个问题。

我皱起眉头表示厌恶,因为"证明"这个词让我很不舒服。"我和妹妹两个人一起行动,难道有什么问题吗?"

加贺闻言摇了摇头:"不,不是那个意思。"

"那为什么……"

"我只是想整理出各位在五月十七日的行动,仅此而已。"

"这么做的目的是什么?我们的确和浪冈小姐有间接关系,但就算那个人自杀,也没有必要这样调查我们吧。去书店和便利店都得提供证明,兄妹两人一起度过的时间也需要证人。难道我们就那么可疑吗?"我并没有那么生气,但还是故意粗声粗气地说道。我想在这个警察面前尽量保留一点优势。

加贺沉默了一会儿,然后看了看手表。他明显不愿意这样消耗时间。"雪笹女士也对我说过同样的话。她问她那天的行动与案件有什么关系。"

"这是正常的反应。"我说道。

他叹了口气说:"我觉得浪冈小姐的死不像是单纯的自杀。"

"你说什么?"我问道,"什么意思?"

"就是字面上的意思。"

"难道说浪冈小姐不是死于自杀?"

"这倒不是……或者说,自杀本身是事实,但可能背后还隐藏着什么,比如说与穗高先生的死亡有关的重大信息。"说到这里,加贺咳了一声,"当然,有可能只是我想多了,最后发现其实什么事也没有。但对警方来说,我们有必要进行调查。"

"说得可真含糊,你就不能直白点?"

"这么说吧,"加贺说道,"可能有人参与了浪冈小姐的自杀。我们正在调查那个人到底是谁。"

"参与?"我再次问道,"参与是指什么?"

"更详细的还不能告诉你。"加贺说道。

我抱着胳膊,发现美和子似乎想说点什么。但我不想让她开口。

"绝对与我们无关。"我说道,"那天和穗高先生道别后,确实只有我们两个人在一起。虽然没人能证明,但我们与浪冈小姐自杀没有一点关系。"

加贺以严肃的表情听着,我不知他相信到何种程度。"明白了。"他点点头,"刚才的话我们会作为调查的参考。那么,进入下一个问题。"

下一个问题是关于浪冈准子出现在穗高家院子时的情况。加贺拿出了穗高家的平面图,详细问起浪冈准子出现的地点和其他人当时的位置等等,还要求美和子在图上指出穗高常吃的鼻炎药通常放在哪里。

"综合刚才的叙述,"加贺看着手中的图说道,"仅就十七日来说,浪冈小姐是没有机会靠近药瓶的。"

"我和妹妹之前也谈论过这个问题。"我试着说。

"哦?"加贺抬起头,"然后呢?"

"我们认为,她放毒药应该是在那之前,因为除此之外没有别的时机。"

加贺没有点头,而是用科学家观察实验品般的眼神看着我,眼神冰冷得让人坐立不安。随后,他的眼睛开始流露出一些感情色彩,同时露出一丝微笑。"原来两位也在谈论这次的案子。"

"多少谈到了一些。即使不愿想，也会想起来。"我偷偷看了一眼美和子，她垂着眼帘。

加贺把记事本和平面图等都放进上衣口袋。"我想问的暂且就是这些，感谢两位那么疲倦还配合。"

"不用谢。"我看了看手表，从他进入家门，过了二十六分钟。

"对了，"他环视屋内，"真是非常气派的房子，风格很独特。"

"父亲建的。不过是栋普通的房子，也比较旧。"

"不，你太谦虚了。从细节就能看出，这是一栋好房子。住在这里有多少年了？"加贺用轻松的语气问道。

"到底……多少年呢？"我看着美和子，她的表情同样像在回想。我对加贺说："因为发生过一些事，有一段时间没住在这里。"

听到这里，加贺带着早已知道的表情说："好像是这样，据说两位是在亲戚家分开长大的？"

因为过于突然，我不知道该说什么。"你……看来知道不少事。"

"啊，对不起，我不是想探听隐私，只是之前了解情况时自然传到耳朵里而已。"

我很好奇，但没再问到底是了解了什么样的情况。

"五年了。"我说道。

"什么？"

"我和妹妹回到这个家已经有五年了。"

"是吗……五年啊。"加贺严肃地看着我和美和子，然后慢慢呼吸，宽厚的胸膛上下起伏，随后开了口，"这五年来，两位是齐心协力一同度过的。"

"是的，可以这么说。"我说道。

加贺点点头，看了看手表："好像打扰太久了，那么告辞了。"

"慢走。"我点头致意。

加贺自己开门走了出去。等到门关上后，我来到换鞋处，靠近门打算上锁。这时，门忽然打开了，我吓得向后退了一步。门缝外站着加贺。

"对不起，刚才忘了一件事。"

"什么？"

"有关这个案子中使用的毒胶囊，已经基本确定了胶囊里的毒药的来路。"

"哦……那是……"

"硝酸士的宁。经调查，的确是浪冈小姐从工作的宠物医院偷出来的。"

"哦。"我预想到了这个答案，所以并不觉得吃惊，也不觉得它值得加贺特意告诉我。

"据医院院长说，无法确定具体是什么时候被偷的。他还辩解说，虽然医院管理有疏忽，但万万没想到助理会用它干坏事。当然，对此多少可以理解。"

"我也有同感，"虽这么说，我开始有点心烦，我不明白加贺究竟想干什么，"你到底想说什么？"

"问题在于胶囊。"他像是分享秘密一样说道。

"胶囊怎么了？"我问他。

"估计你也知道，那是穗高先生经常吃的那种鼻炎药的胶囊，只不过把里面的药粉换掉了。"

"对，我知道。"

"我这几天一直在查胶囊到底是在哪个药店买的,昨天终于找到了。药店就在离浪冈小姐住的公寓四公里处。"

"啊,这么说,就能确定毒胶囊是浪冈小姐制作的了。"

"对,应该是这样。但是,出现了一个大问题。"加贺竖起了食指。

"什么问题?"

"据药店店员说,"说到这里,加贺看了一下美和子,然后又看着我,"浪冈小姐买那种鼻炎药是在周五的白天。"

我不由得"啊"了一声。加贺可能也听到了,但他只是表情沉重地摇了摇头,说:"出现了一个要解决的大问题,我打算回到局里好好想想。"

我焦虑地想该说点什么,却想不到合适的话。这时,加贺说:"那么,这次可真走了。"他再次把门关上。

我呆立在门后,脑海中转动着各种想法。这时,从背后传来叫"哥哥"的声音。反应过来后,我把门锁上,然后转过身。美和子站在玄关处,与我目光相接,我主动把头扭向一边。

"好像有点累了。"说完,我便走过她身边,回到了自己的房间。

3

我打开了笔记本电脑,手搭在键盘上,却一个字也打不出来,因为根本毫无头绪。有一篇后天就得完成的论文,就目前的情况来看,明晚估计得熬夜了。

我把手伸向放在旁边的咖啡杯,想起里面早就空了,便收回了手。正想着该不该再加点咖啡,但一想到得去一楼的厨房,我就打消了这个念头。倒不是嫌麻烦,而是因为怕碰上美和子。

刚才我下楼冲咖啡时,她正坐在餐桌旁翻报纸,一脸严肃地读着新闻。远远一看,就知道她看的是哪篇报道,标题正是"人气作家在婚礼上离奇死亡"。她身旁摆着像是最近几天的报纸。

"哥哥,你怎么看加贺先生方才的话?"我操作咖啡机时,她问我。

"哪句话?"我故意装糊涂,其实我非常清楚她指的是什么。

"就是浪冈小姐是在周五买鼻炎药的事。"

"哦,"我含糊地点点头,"是有点吃惊。"

"我不是有点,而是非常吃惊。这就说明,浪冈小姐完全没有机会把毒胶囊放进去。"

我默默地看着咖啡机啪嗒啪嗒将棕色液体滴入玻璃容器,想着有没有什么能让她信服的说法,却想不出来。

"如果不是她放的,那到底是谁把诚……"可能是想象过于恐怖,她没能把话说完。

"别这样,"我说道,"浪冈准子制作毒胶囊是事实,那么自然也可以认为是她投的毒。"

"但是她根本就没有机会啊。"

"那可不一定,虽然看似没有,也可能是我们大意而没发现罢了。"

"是这样吗……"

"当然,难道还有别的可能性?"

美和子并没有回答,而是看着手边的报纸。沉默中,只有咖啡的香味飘荡在房间里。

"报纸上说,浪冈小姐的住处还剩下几粒胶囊。会不会是有人偷了其中的一粒,然后让诚吃下去了呢?"

"你指谁?"我问道。

"我也不清楚,但加贺先生不是说过吗,可能有其他人参与浪冈小姐的自杀。会不会是那个人偷的?"

"警察只是随便说说而已。"我把咖啡倒进杯子,因为手抖了一下,有些洒在了地板上。

美和子没再说什么,只是一直翻着报纸。我已无法想象她到底在想什么。看她那冥思苦想的样子,我感到我们之间隔着一堵透明而厚实的墙。我就像逃跑一样端着咖啡离开了。

从那之后,已经过了大约一小时。想到美和子可能还在那个昏暗的房间,在餐桌旁托着下巴想着各种不祥的事,我就没有勇气走到那里。

我想起了婚礼当天的事情,想起了那天早上塞在我房间门缝里的信。虽然马上就烧掉了那封信,但内容却深深印在我脑海中。

如果不想让你和神林美和子的肮脏关系公布于世,就把随信附寄的胶囊混入穗高诚服用的鼻炎胶囊中——

发这封恐吓信的人应满足以下三个条件。首先,这个人察觉到了我和美和子的关系。其次,他知道穗高诚服用鼻炎药。再次,他还知道我住在酒店的哪一个房间。满足第三个条件难度很大。问前台是绝对不会知道的,因为那天我以神林的名义订了两个单人间。即使是前台的人,也不知道我住的是哪一间。

周六晚上回房前,美和子好像说过,要给雪笹香织和穗高打电话。

她很可能在通电话时将我们的房间号告诉了他们,而穗高有可能又告诉了骏河。

这样一来,就能限定发恐吓信的人。首先可以排除穗高和美和子。那么,一定就是骏河直之和雪笹香织中的一个。无论是哪一个,一定是认为比起自己下手,让我来投毒更安全,即便警察展开调查也不用担心。

若凶手是其中的一个,他或她又是怎么得到毒胶囊的?很可能像美和子说的那样,凶手以某种方式参与了浪冈准子的自杀,然后从她的住处偷出胶囊。

我回想了一下十七日白天浪冈准子像幽灵般出现时的情景。那时骏河直之把她赶走了,但在那之前,他们聊得非常亲密。据警方说,骏河直之和浪冈准子住在同一栋公寓。这说明他有可能先发现了浪冈准子的尸体,却没有立刻报警,而是考虑如何利用这件事杀死穗高。这种可能性很大。

我想起骏河尖细的下巴和凹陷的眼窝。我不知道他有没有杀穗高的动机,但从他们相处的情况来看,两人的友情并不坚固,估计仅仅是靠金钱维系。那么,存在旁人根本想象不到的矛盾也并不奇怪。

雪笹香织呢?倒是看不出她与浪冈准子有什么关系。但她有没有杀害穗高的动机呢?

她曾是穗高的编辑,所以从工作角度来看,他的死亡对她不利。但从私人的角度看呢?

其实,我见到雪笹香织后,好几次都在想这个女人以前是不是和穗高有关系。我没有确切的证据,只是从她说起美和子和穗高时的表情和用词想到了这种可能性而已。如果不是我多疑,她有可能因为遭到背叛而决定复仇。

此外还有一点,那就是美和子。雪笹香织一直认为美和子是自己发现的宝贝。某种意义上,她对美和子倾注了比亲人还多的爱。如果她认为决不能把这个宝贝交给庸俗的穗高,又会怎么样?

我用双手抱着后脑,靠在椅子上。椅背的金属部件发出了刺耳的声音。

看来,现在还无法确认,写那封恐吓信并想让我杀死穗高的到底是他们中的哪一个,但无论是谁都不能逃脱嫌疑。

我决不能就这么放任不管。如果不能确定到底是谁,将无法考虑接下来的对策。

楼下传来轻微的声响。不知美和子是不是仍在思考凶手是谁。我握紧空空的咖啡杯,绷直了身子。

雪笹香织之章 四

1

穗高出殡的第二天，五月二十三日下午，我搭乘京滨线急行列车前往横滨。此行是为了见美和子。昨天不是她去了火葬场，就是我被刑警叫住盘问，根本没有好好说说话的机会。

站在车门旁，我心不在焉地看着窗外不断变化的景色，回想着昨天和加贺的对话。

加贺对穗高的死怀有疑问。确切地说，他好像对浪冈准子杀了穗高这一说法持否定态度。

他的根据是什么？虽然他说药的数量不对，但原因绝对不会只有这一个。他可能已经发现了其他疑点和矛盾。

回想起骏河直之和穗高搬运浪冈准子尸体的行动，我不禁咂舌。事情发生得再突然，也不能那么明目张胆地搬运尸体，不被人看到才怪。也许有人看到他们的行动后报了警，或者是他们留下了有决定性意义的物证。总之，如果加贺是以这些线索为根据采取行动，那么事态有可能会向非常棘手的方向发展。

不过，就算加贺今后掌握了更多证据，我也没有必要担惊受怕，因为这件事不会与我扯上关系。除非我坦白,否则谁都不会想到我和穗高的死亡有关联。

过了品川十多分钟后便到了横滨。我下了列车,等争先恐后地拥向站台楼梯的人们走过去后,站在那里深深地吸了一口气。与昨天的阴沉不同,今天万里晴空。地面暖洋洋的,偶尔吹来的风也令人神清气爽。

我感到体内蕴藏着一股新的力量,就连每一根指头都充满了力气,心中也是前所未有的舒畅,丑陋糜烂的部分已经被清除得干干净净。

我的脑海中浮现出昨天的葬礼。和当天的天气一样,那是一个黯淡阴郁的仪式。

当时我差点流下眼泪,那是为了过去的我。现在看来,昨天的葬礼也是我自己的葬礼。

那一瞬间,我找回了自己的人生。这几年,我一直被穗高扼杀,或者说受到了他的诅咒,而那诅咒已于昨天失效。

如果旁边没有人,我真想好好舒展一下身子,大喊:我赢了,我找回了自己!

旁边正好有面镜子,镜子中的我看起来恨不得立刻笑出声,不仅充满自信,还有一种傲气。

我还有一句话想喊出口。我想象着喊这句话的自己。

是我把那个人引向了黄泉路,把那个穗高诚——

这种想象让我心情愉悦。我没有任何愧疚感,这让我更觉得满意。我走向楼梯,半道撞上一个上班族模样的男人的肩膀。对方没有道歉,表情阴沉地看向我。

"对不起。"我莞尔一笑,继续走我的路。

我和美和子约在她家见面。看看表,还有点时间,我决定去购物中心里的大型书店逛逛。这么做当然是有目的的。

进入书店,我毫不犹豫地走向文学书籍区。这里经常陈列畅销书和其他受关注的书。

我站在那个区域前扫了一眼。只要是自己参与编辑的书,无论旁边有多少其他书,我都能在短时间内从中找出来。我发现前面第二排书架上摆放着两本神林美和子的著作。

果然如我所料,我暗自欢喜。穗高的死不仅是他一个人的新闻,也是和神林美和子有关联的重大新闻。考虑到目前的人气、话题性等因素,比起"横死于婚礼的穗高诚","新郎横死于婚礼的神林美和子"更会引起世人的关注。大型书店可不会白白放过这种机会。要是运气好,下周就得加印美和子的书。如果部长对此事反应不及时,就必须由我来催促。

不过,将视线移到美和子的书旁边时,我的好心情立刻打了些折扣,因为那里摆放着穗高的书。竟然有五本,其中还有很早以前的书。

这让我十分不快。真不知为何要摆放那种人写的书。即便是被杀,世人也不会对一个走下坡路的作家的书感兴趣。

此外,这些书摆放在美和子的书旁也让我很不满,这样人们有可能认为它们的文学价值差不多。岂有此理!

正想着,站在我旁边的白领模样的年轻女子把手伸向了美和子的书,翻看起来。

就买那本吧——我在心里对她说。虽然从事编辑工作多年，我还从未目睹过自己参与编辑的书在书店被买走的情形。

女子犹豫了一会儿，最终合上书，放回了原位。我在心中捶胸顿足。

但接下来却发生了令我吃惊的事。那个女子拿起另一本美和子的书，直接走向了收银台。我注视着她的背影。收银台前有不少人，好像要排一会儿队。我担心她排队时会改变主意，这让我非常焦虑，觉得男店员慢腾腾的动作令人非常不耐烦。

终于轮到那个女子结账了。店员给书包上书皮，女子从钱包中拿出了钱。现在可以放心了。

看来我已经完全时来运转了。带着比进来时更加爽快的心情，我走出了书店。

2

今后需要考虑的是如何才能让美和子尽快摆脱穗高的阴影。如果他们始终被人们认为是一对，这对美和子的未来将是个致命性的打击。不过，其实也不必那么担心，因为我深知世人大多是健忘的。

到了横滨，我坐上出租车。美和子的家位于仍有不少老房子的住宅区里。能够再次来到这里，我感到非常高兴。如果那场婚礼平安无事地结束，就意味着负责美和子的工作期间，我一直都要出入穗高家，还要目睹两个人的新婚生活。只要一想，我就觉得浑身发冷。现在终于可以松口气了。

比约好的时间早到了三分钟,我按了玄关处的对讲机。

"谁啊?"是美和子的声音。

"是我,雪笹。"我对着麦克风说道。

"啊,你来得真早。"她说道。

"是吗?"我看了看表。时间应该没有错。

"我马上开门。"传来粗暴的按键声。

我有点不好的预感。美和子的语气听起来有点生硬。不过,那件事发生后才过了五天,她还没能从打击中恢复过来,也不奇怪。

门打开后,出现了美和子的身影。"你好。"

"你好。"我笑着与她寒暄。

我确信自己的直觉是对的。与昨天在殡仪馆见到时相比,美和子的脸色更差,显得更加憔悴。

我来得正是时候,否则很可能误事。

"请进。"

"打扰了。"

进去的时候,我看了一眼车库,并没有看到那辆颜色暗淡的沃尔沃。看来神林贵弘去了大学,这样我和美和子更能好好交谈了。

美和子的行李好像还没有搬过来,我们决定在一楼的餐厅交谈。之前谈工作一般都在她房间里,隔着折叠式小书桌相对而坐。

餐厅饭桌的角落有不少叠好的报纸,有些还用剪刀剪过。趁美和子冲咖啡的工夫,我打开其中一张看了看。果然如我所料,剪下来的是社会版的一部分。至于是什么报道,不用问也能猜到。

察觉到我的举动,美和子边往两个杯子里倒咖啡边看着我,露出难为情的表情。

"对不起,本来是想收起来的。"

我故意长叹一口气,将报纸叠好,然后抱着胳膊,抬头看向美和子。"你是在收集有关案子的报道吗?"

她像少女一样轻轻地点了点头。

我再次叹了口气:"到底为了什么?"

美和子没有立即回答。她将两杯咖啡放到托盘上,并在碟子上附上咖啡伴侣,慢慢地端了过来。不知她是不是正在考虑如何对我解释。

她将咖啡摆好,低着头坐到椅子上,随后慢慢地开口说道:"我想按自己的方式整理这个案子的相关信息,然后得出一个解释。"

"解释?"我不禁皱了皱眉,"那是指什么?"

"就是说……"美和子打开咖啡伴侣,倒进咖啡里,然后用小勺搅了搅。不知她是不是故意的,但确实达到了令我焦急的效果。"我想查明,到底发生了什么。"

"到底?你的意思是……"

"我觉得诚的死另有隐情。"

"别胡思乱想了。你看过报纸吧?你应该知道他是因为什么被杀的啊。"

"你的意思是,他是被那个叫浪冈准子的女人逼迫殉情的?"

"对。"我点了点头。

美和子喝了一口咖啡,然后歪着头问道:"真的是那样吗?"

"难道你有什么疑问吗?"

"昨天来了个刑警,是练马警察局一个姓加贺的人。"

"哦。"我点点头,回想起那个人犀利的眼神和精干的模样,"我也见过他,在你们去火葬场期间。"

"他好像说过,他也向雪笹姐你了解过情况。"

"他问我不在场证明,奇怪的是,还是五月十七日的不在场证明。"我耸耸肩,将手伸向咖啡杯。

"他也问了我们同样的问题,详细地问了我们周六的一举一动。"

"那个刑警是不是有问题啊?不用管他。"

"加贺先生说,浪冈小姐自杀那件事可能有别人参与。"

连这个都跟她说了。我觉得嘴里一片苦涩。"根据是什么?别人又是指谁?"

"那些他没有跟我说……"

听到美和子的回答,我松了一口气。"他也许只是随便说说而已。因为这个案子现在很受关注,他无非是想在警察内部出风头。你没必要听他胡言乱语。"我口气有些强硬地说。

"不过,"美和子抬起头,"浪冈小姐是没有机会放毒胶囊的。"

"什么?"我看着她问道,"什么意思?"

美和子说起从加贺那里听到的话和神林贵弘的证词。综合这些内容来看,浪冈准子的确没有投毒机会。

但我决不能轻易赞同这种说法。虽然多少受到了刺激,但我尽量控制表情。"是这样吗?"我先满不在乎地说了一句,接着说道,"据说老练的小偷偷东西,即使在旁边看,也不知道他是何时下的手,很多时候受害人甚至不知道自己被偷了。正因为这样,才有即便被警察盯上也很少被抓的老手。我倒不是说浪冈小姐是个职业杀手,但如果因为一些偶然因素,她在谁都没能注意到的情况下投了毒呢?"虽然自己也觉得缺乏说服力,可总比保持沉默好。

"会有那种机会吗？"看来美和子并不认可。

"比如说，"我说道，"她不是周五买的鼻炎药吗？买完后立即回到住处制作毒胶囊，晚上溜进穗高先生家，也是可能的吧？"我觉得这个推理不错，但美和子的表情并没有变化。

"这个我也想过，但觉得不大可能，因为周五晚上诚一直在家。傍晚时，他给我打过电话，说要花一晚上时间准备旅行用的行李。所以，浪冈小姐不可能有机会溜进去。"

美和子的分析确实合乎情理，可以说无懈可击。但现在可不是钦佩的时候。我慢悠悠地喝了一口咖啡，表情虽保持平静，脑子里却乱成一团。我决不能在这场争辩中落在下风。

"我虽然不愿想象这种事，也不想说出口，"我将好不容易想到的托词迅速在脑中整理，"但浪冈小姐不一定是溜进去的。也许她根本没必要那么做。"

美和子眨了眨眼睛。她可能还没有察觉到我想说的是什么。

"她有可能是堂堂正正地从正门进去的，虽然不知道是穗高先生邀请，还是她自己忽然拜访。"

美和子好像明白了我的意思，她睁大眼睛看着我："你是说周五晚上他们在幽会？诚和她……"

"不是没有可能吧？"

"但是……他两天后就要结婚啊。"美和子皱着眉头说道。

我呼了口气，舔了舔嘴唇。很好，已经完全跟着我的节奏走了。"告诉你一件事。据说在即将要结婚的男人中，有不少傻瓜持有在结婚前最后再见一次前女友的想法。当然不仅仅是单纯的见面，大概还想做爱。"

美和子使劲摇头，明显露出了不快。"我不信。不知道别人会怎么样，但他不会那样……"

"美和子，"我直视着她的眼睛说道，"其实我也不想说这些，但穗高先生确实玩弄过浪冈小姐。很遗憾，他就是那种人。"

"诚之前是单身，所以在和我交往之前，和别人谈过恋爱也很正常。"

"不只是和你交往之前吧？"我说道，这一点必须得说清楚，"在和你交往期间，他也一直和她保持关系。正因如此，当她知道穗高先生要和你结婚才勃然大怒。你说是不是这样？"

"他……诚也许认为他们已经分了手。"美和子固执地说道，表情宛如少女。

我感到非常焦急。倒是有一个办法能让这个不谙世事的小姑娘开窍——将我和穗高的关系告诉她。但如果说出这个，也意味着我和她的关系将到此为止。

我喝着咖啡，重新拟订作战计划。随后我想到了一点。"她曾经怀过孩子。"我说道。

"什么？"美和子张大了嘴。看她的表情，像是晴天霹雳。

"浪冈小姐曾怀过穗高先生的孩子，后来当然是打掉了。这可不是我胡编乱造，而是听骏河先生说的。媒体好像还没有嗅到这些。"

"我不信……"

"如果你觉得我在说谎，可以向骏河先生确认一下。事到如今，他也会告诉你真相的。之前穗高先生一直不让他说出去。据他说，浪冈小姐一直以为能和穗高先生结婚。她是因为相信穗高先生的承诺才堕的胎。"

这些话的最后部分不是从骏河那里听说的,而是我的推测。但我敢保证没有错,因为穗高就是那种人。

也许是确实受到了打击,美和子沉默不语,一直看着桌面,右手的手指搭在咖啡杯上。看着她没有涂指甲油的细长手指,我忽然觉得她很可怜。

其实追溯根源,是我不好。如果我没有把她介绍给那种男人,就不会发生这种事。正因如此,为了承担责任,我也得让美和子振作起来。

"美和子,"我温和地对她说,"我早就想问你,你喜欢他什么?"美和子慢慢地看向我。望着她黑色的瞳孔,我继续说道:"为什么像你这样聪明的女孩会喜欢上他那样的人?我怎么也想不通。"我一边问她,心里一边嘲笑自己。自己不是也喜欢过他吗?

"我想,"她开口,"我和雪笹姐看到的是他完全不同的两面。"

"你是说像《化身博士》里的杰基尔与海德那样?"

"不是那个意思。我是说,即使同一个东西,如果看的角度不同,结果也完全不一样。"她将手伸向旁边的小推车,拿起装咖啡粉的罐子,横放在饭桌上。"从雪笹姐的方向看是长方形吧?但从我这边看是圆形。"

"你的意思是,我没有看到他的优点?"看美和子轻轻点了点头,我接着说,"那么,美和子你也没有看到他的缺点。"

"人都会有丑陋的一面,我一直觉得他也不例外。"

"可你还是受到了打击。"

"是有点,但我很快就会适应的。"美和子用右手按着额头,将胳膊肘支在桌面上,看起来像是在忍受着某种痛苦。

女儿沉迷于性质恶劣的新兴宗教，父母想让她醒悟过来——我有点明白这种心情了。这种时候，语言是苍白无力的。

但不久前我也是这个样子。虽然我没有对任何人说过和穗高交往的事，但如果有人熟知他的真面目，并劝我最好和他分手，我当时也会听不进去。

"好吧，那就算了。"我轻轻举起双手，表示投降，然后将双手放到饭桌上，"你还在迷恋他，他却忽然死了。别人再怎么说，估计你也不会相信，也不可能忽然就讨厌他，所以这件事就算了。不过，你能不能答应我一件事？"

美和子看着我，眼睛通红，眼泪好像随时都会流出来。

"尽快努力将这件事忘掉。我也会帮忙。"

听到这些，她再次低头看着下方。

我将双手搭在桌面上，探出身子。"我们主编其实不大赞成我今天来这里。因为事情发生没多久，你的心情还没有平复，因此他叫我最好别来打扰。但我并不这么认为。越是这种情况，越得与你见面，见到后劝你写诗。"

她依旧看着下方，摇了摇头，似乎在用全身拒绝我说的话。

"为什么？"我问道，"是因为悲伤得根本顾不了这些？但这种悲伤不是正适合用诗来表达吗？你可是诗人！难道你觉得只写些棉花糖般柔软梦幻的东西就可以了？"我的声音不由自主地变大了些。我迫切希望她能尽快振作起来，并忘掉穗高。

美和子将手从桌上放了下来，像是丢了魂一样，呆呆地望着前方。"得不到让我信服的结论之前，我是不会写诗的。"

"美和子……"

"关于这次的案子,除非得到一个明确的答案,否则我不会动笔。我不想写,恐怕也写不出来。"

"就算你这么说,可除了我们现在了解的情况,这个案子没有其他答案啊。"

"即便如此,在确定这是事实之前,对我来说事情不会结束。"美和子失神地望着前方,然后微微低下了头,"对不起。"

我使劲向后一仰头,看着天花板,长叹一口气。"难道杀害穗高先生的不是浪冈小姐,而是别人?那究竟是怎么下手的?"

"不知道。但能有投毒机会的,应该没几个人。"

我不禁看了她一眼。唯独这句话,她是以非常冷静的语气说出来的。她的表情不再像刚才那么慌张,而是显得很冷静。

美和子就带着这种表情看着我,然后问道:"婚礼开始前,我记得我把小药盒托付给雪笹姐了。后来那个小药盒怎么样了?"

3

从神林家出来时已经四点多了。为了走到能打车的马路,我朝南走去。暖风吹拂着脸颊,灰尘黏附在肌肤上的感觉令人不快。真不知我刚才怎么会觉得这种天气很舒服。

我最终还是没能让美和子从案子的束缚中解脱出来。她已被疑心的锁链缠住了全身,在解除这一锁链之前,我的话她听不进去。

但万万没有想到她竟然会怀疑我。

当然,她并不是单单怀疑我一个人。为了解决这个案子,有必要弄清毒胶囊的经手过程和去向，因此她希望能得到我的详细说明。当她问我"后来那个小药盒怎么样了"时，她冷峻的眼神说明，在这件事上谁都不会有特例。

怎样才能说服美和子？怎样才能从她的脑中抹去这个案子和穗高诚？

我发着呆慢慢向前走，忽然听到旁边传来汽车喇叭声。我吓了一跳，循声看去，发现身边有一辆眼熟的汽车正减速慢行。

"啊，"我停下脚步，"你刚回来？"

"对。"神林贵弘坐在沃尔沃的驾驶座上淡淡一笑，"看来你是从我家出来。"

"是的。我刚和美和子小姐谈完工作上的事，正准备回去。"

"是吗……"神林贵弘好像感到很意外，睁大了眼睛。他应该知道美和子现在的状态，因此对我们谈工作这件事感到疑惑。

"说实话，基本没谈工作上的事。"

听我这么说，他理解地点了点头："我猜也是。对了，你打算怎么回去？"

"准备打车到横滨站。"

"我送你吧。请上车。"他打开了副驾驶座的遥控锁。

"不用了，这样太不好意思了。"

"不要客气。而且，我正好有件事想和你商量。"

"商量？"

"更确切地说，应该是有事请教。"神林贵弘意味深长地抬高了句末的语调。

我不是很想与此人单独相处，但也没有拒绝的理由，何况我还想知道他到底打的什么算盘。"那就恭敬不如从命了。"我绕到了副驾驶座。

"你和美和子都聊了什么?"车刚开始行驶,他便主动问我。

"嗯,就是随意闲聊。"我含糊其词。没有必要先把我的牌亮出来。

"有没有聊到这次的案子?"

"稍微聊了一些。"

"美和子她有没有说什么?"

"她说昨天有刑警来拜访过。"

"然后呢?"

"然后是指……"

"对于那件事,美和子有没有说什么?"

"是指刑警上门的事吗?"我做出回忆的样子,"她没说什么。我倒是在想,明明案子已经解决了,为什么还要调查。"

神林贵弘看着前方轻轻点了点头。很明显,他非常在意美和子。其实我很想知道他们兄妹之间进行了怎样的对话。

"有关这次案件,两位有没有好好交谈过?"我问他。

"基本没有,她总把自己关在房间里。"他的态度十分冷淡,我无法判断他说的是事实,还是有所隐瞒。

我注视着他的侧脸。他宛如少年般洁白的皮肤和端正的五官,令人不禁想要亲吻。但我又总觉得哪里有些不自然,他让我联想到摆在商场男装区的假人模特。

"那个叫浪冈准子的女人,"他动了动嘴唇,"你认识她吗?"

"不,我从没见过她。"

"就是说你和我一样,上周六是第一次见到她?"

"是的。有什么问题吗？"

"不是……我只是想，穗高先生身边竟然还有另一个女人，这件事除了骏河先生之外，会不会还有人知道？毕竟你也是穗高先生的编辑。"

"如果我知道，一定会阻止美和子小姐与他结婚。"我直截了当地说道。

神林贵弘握着方向盘看了我一眼，点了点头。"说的也是。"

快到横滨站时，有点堵车。我说在附近把我放下就行。

他并没有答复，而是问我："你和穗高先生很久了吗？"

"什么很久？"

"二位的交往，或者说你担任他编辑的时间。"

我点了点头。原来是这个意思。"大概有……四年多一点吧。"

"还挺久的。"

"是吗？其实也不算久，他最近不怎么和我们合作，我等于是形式上的编辑而已。"

"但二位私下交情似乎也不错。将美和子介绍给穗高先生的，好像也是你吧？"

不知他到底是什么意思，我不禁提高了警惕。如果疏忽大意，很可能会在意想不到的地方栽跟头。"说不上有多深的交情。介绍他与美和子小姐认识，是因为我正好也是美和子小姐的编辑。"

"是吗？不过，上周六一起吃饭时，我感觉二位都非常熟悉对方的脾气。"

"是吗？那可真有点意外。有时就算在晚宴上遇到，我们也很少跟对方打招呼。"

"看不出来是这样啊。"神林贵弘看着前方说道。

看来是在套我的话。不知道根据是什么,他好像在怀疑我和穗高的关系,否则不会这么说。他应该是在试探我有没有杀害穗高的动机。不知他为什么会盯上我,不管怎样,这并不是什么愉快的话题。"那个,送到这里就可以了。我已经知道怎么走了。"我说道。

"你着急吗?没急事的话,一起喝杯茶吧。"神林贵弘说道。他以前可决不会对我说这种话。

"我很想接受你的邀请,但真的没有时间。还要校稿,得回出版社。"

"啊,实在是太遗憾了。"

道路左侧正好有停车的空间。他降低车速,小心翼翼地操纵方向盘靠近。

"谢谢你,真是帮了大忙。"我拿起手提包准备下车。为了停车后马上下车,我将手搭在了车门把手上。

"不客气,没准还耽误了你的时间。啊,对了,"他在停车时问道,"你有电脑吗?"

"电脑?没有。"

"哦,我的一个朋友是做电脑游戏的,想找人测评,但没有电脑就没办法了。你平时用打字机吗?"

我摇了摇头。"说起来很惭愧,我既没有电脑也没有打字机。编辑这个职业很少有机会自己写文章,校稿时也是手写。"

"这样啊。"神林贵弘用一种试探的眼神看着我。

"那我下车了,再次谢谢你。"

"不客气,欢迎再来。"

我下了车，绕到后方，走向人行道。向坐在驾驶座的神林贵弘点头示意后，我迈开步子。终于可以松口气了。

他是个非常难沟通的人，根本看不出他在想什么。如果不是因为他，我是不会赞成美和子结婚的。因为想让美和子和他分开，我才在男方是穗高的情况下也默然同意。

我走上人行道，道路依然拥堵。我边过马路，边想着神林贵弘的沃尔沃开到哪儿了，不经意间看向远方。

我看到沃尔沃在大约二十米的后方，因为堵车没有开出太远。神林贵弘现在应该非常焦急，这么想着，我看向驾驶座，随即吓得差点停下了脚步。

没想到神林贵弘的目光依然追随着我。他双手放在方向盘上，下巴压在手背上，眼睛一直盯着这边。那是一种学者观察事物的眼神。

我扭过头，匆忙离开。

骏河直之之章　四

1

看到刚上车的一家子，我感到绝望。那是世人最想敬而远之的典型家庭。

四十多岁、像是父亲的胖男人拉着三岁左右的女孩的手，女孩的腿粗得像火腿。比他们更显富态的母亲右手抱着婴儿，左手拎着塞得满满的纸袋，估计里面装满了出门时需要带的婴儿用品。

从水户回东京的车上人不多。我一个人舒适地坐在四人席上，将脚搭在对面座位上看报纸。但这种轻松自在没有持续多久。虽然别的地方也有空位，但基本都坐着两三个人，没有能让刚上车的肥胖家庭坐下的余地。

母亲看向这边。我急忙将脸转过去，看着窗外的夜景。

"啊，孩子他爸，那里有位置。"

车窗映出那个肥胖母亲直奔这里的身影。我似乎能感觉到她脚下的震动。

她先将纸袋放在我旁边，大概是在表示她会坐在这里。没办法，我不得不将脚从对面的座位放了下来。

接着父亲也过来了。"哦,正好有空位。"父亲刚打算坐下,小女孩却开始闹腾。她好像是想坐靠窗的位置。"好,小真坐那边。咱们把鞋脱了啊。"

父亲照顾女儿,母亲则忙着把行李放到架子上。折腾半天后,一家子终于坐了下来。抱着婴儿的母亲坐在我旁边,她的对面坐着父亲,父亲旁边则是那个小大人一样的女孩。

"不好意思,我们太吵了。"父亲终于向我道歉,不过听他的口气,好像并没觉得有多不好意思。

"没关系。"我只能这么说。

因为没有翻开报纸的空间,我只能把报纸叠好收了起来。旁边的女人占了一半以上座位,挤得要命。我不动声色地调整坐姿,以此来表达不满,但女人那肥大的臀部纹丝不动。

我松了松领带。本来穿着丧服就让人不舒服,没想到还遇到这么倒霉的事。

夫妻俩开始聊天。虽然不想听,还是会传进耳朵里。我刚开始完全不清楚他们在聊什么,但很快察觉到他们好像是在说亲戚的坏话,比如礼金不多、酒品不好。他们好像是带着刚出生的孩子去见亲戚。两个人的语调与标准语有点不一样,我听出是茨城方言。或许不能说是听出,因为到刚才为止,我一直被这种方言包围着。

穗高的第二次葬礼是在他老家所在的镇礼堂举行的。因为正式葬礼已结束,这次相当于是由当地居民举办的追悼会。亲朋好友聚集在二十叠的大厅里吃菜喝酒,哀悼穗高的离去。

在我看来,穗高的人气早已过去了,但在那群人中好像并非如此。在老家,他依然是个名人。参加追悼会的人都熟知他的作品,并为他感到骄傲。看到坐在我对面的老妇人在流泪，我便问她是否与穗高很熟。她回答说，虽然住得很近，但从未见过他，可是一想到这里最有出息的人遭遇了不幸，就忍不住流泪。

不过，根据这种情形就断定穗高诚的人气还没有消失，则是大错特错。出席追悼会的人谈的全是穗高事业巅峰期时的事，诸如小说获奖、畅销作品被拍成电影大受好评等。那都是几年前的事了。看来，这些人中没人知道穗高参与制作的电影以失败告终，也不知道穗高企划因此开始走下坡路。

追悼会进行到一半时，穗高道彦站起身，邀请亲戚和当地名流讲话。说实话，这可真让人受不了。被点了名的人好像事先得到过通知，因此多少都对发言有所准备。但正如婚礼上的致辞一样，他们的发言都枯燥无味，没完没了。因为没有时间限制，每个人的发言都比婚礼上的致辞长得多。别说是听，光是坐在那里就让人难受。我费了好大劲才忍住了哈欠。

让我清醒过来的是穗高道彦。他忽然请我发言，说是想听听多年的老友和事业伙伴致辞。

我很想拒绝，但气氛并不允许我那么做。没办法，我走到前面，说了几件听众会感兴趣的事，比如与穗高一起去采访旅行、作品取得成功后两人一起举杯庆祝等。发现几个人听我的讲话后热泪盈眶，我还想是不是有点渲染过头了。

追悼会上没有任何出版界及相关业界人士出现，是因为我根本没有通知他们。穗高道彦曾拜托我不要邀请这些人，他好像是怕记者会拥到这里。这么做的理由很清楚，他想瞒住出席者，不让他们详细了解穗高的死因。

席间，穗高道彦好几次使用"意外事故""原因正在调查"等字眼。另外，他在一开始就清楚地说道："虽然现在流传着一些不负责任的猜测，但我们相信诚。"茨城的媒体也报道过穗高的死与浪冈准子自杀两件事之间的关联性，他可能是为堵住人们的质问而不得不采取这种办法。

追悼会结束后，我被穗高道彦叫住，他说有些事想谈谈。我看着表说："别超过一个小时就行。"

穗高道彦带我去了附近的一家咖啡厅，一个矮小的男人等在那里。穗高道彦说，那是他认识的一位税务师。

他们找我，是为了了解穗高企划的经营状况，同时也是为了明确今后的经营方针。他们嘴上说会尊重我的想法，但真正的意思好像是今后将由他们做主。

我将穗高企划的现状毫无保留地告诉了他们，反正隐瞒对我也没什么好处。穗高道彦的表情逐渐变得阴沉，税务师好像也感到困惑。他们似乎万万没想到穗高竟有借款，或许还一直以为穗高企划是个聚宝盆。

"既然如此，穗高企划现在的主要收入来源是什么？"税务师轻声问我，意思像是坏消息已经知道了，下面想了解一下有利的情况。

"大概就是……出版物和录像带的版税，还有改编成电影或广播剧后的版权费等。如果写稿，还有稿费。"但写稿的人已经不在了。

"大约有多少钱？"税务师以一种不怎么期待的表情问道。

"每年都不同，具体的数据得回事务所才能知道。"

"那个……"穗高道彦插了一句，"发生这样的事情，成了人们的话题，会不会增加以前出版的书的销量呢？"

我不由得看了一眼他那看似忠厚的脸，同时又想起他是在信用金库工作。"多少会有。"我回答道。

"多少是指……"

"这个无法预测。有可能会畅销，也有可能只能卖一小部分，谁也说不准。"

"还是能卖一些吧？"

"多少能卖一点。"我说道。

穗高道彦与税务师对视，露出困惑和迟疑的表情。估计他们正打着各种算盘，我仿佛听到了他们拨算盘的声音。

他们说以后还会和我联系，便道了别。其实我已经下定决心，没必要留恋一艘即将沉没的船。

让我确信即便继续留在穗高企划也不会有什么好处，是在东京举行葬礼的时候。虽然当时有很多在穗高生前与他有业务往来的出版社、制作公司和电影界人士出席，却很少有人积极与我打招呼，基本上就是说些吊唁的客套话。而大部分主动与我搭话的人，都是想打听穗高企划承接神林美和子工作的进展情况。当然，他们希望的是这件事就此搁置。

我对他们说："事务所自身都不知道今后会怎样。"听到这里，他们明显表现出了安心。从他们的表情可以看出，他们出席这次葬礼的目的基本达到了。

老鼠们已经开始逃命，现在只等着沉船。至少我是这么认为的。

旁边的婴儿开始哭闹。为了哄孩子，母亲开始摇晃身体。我被挤得更加难受。

"是不是饿了？"父亲问道。

"刚给他喂过奶啊。"

"那是不是该换尿布了？"

"也许，"母亲将脸靠近婴儿的下半身闻了闻，"但好像不是。"

婴儿的哭声更大了。母亲嘴里说着"哎哟哎哟"，却也想不出什么对策。

"不好意思，我出去一下。"我拿着报纸起身。

母亲立刻抱着孩子站了起来，好像看出我打算换到别的位置。估计他们一直等待着这一刻。

我在过道上寻找座位。刚才明明还有很多空位，现在却基本坐满了人。也不是没有空位，但旁边不是彪形大汉，就是带着孩子的家长，总之都不理想。没办法，我只好站在车门旁，靠在扶手上。

车身摇晃，我不得不努力站稳，以防跌倒。早知道会这样，还不如在那一家子过来时赶紧换座位。

归根结底，我在工作上也犯了同样的错误。我是指穗高企划的事。其实，我早就不该指望那里，而是另找一份工作。没有看穿穗高才思枯竭而付出的代价实在是太大了。

东京的葬礼来了几位与穗高有过交情的作家，其中也有近年来人气暴涨的作家。以前穗高还半开玩笑地问他，以后是否可以由穗高企划全权负责影视改编的各项事务。一旦成为名作家，会有很多制作公司希望将原著拍成电视剧或电影，商谈这些和决定改拍后的各项事务颇为琐碎，而大多作家不大擅长交涉稿费等事情，因此可以由穗高企划代劳。当然，穗高的算盘不只是做中介，他还打算向电视台推销以这些作品为蓝本的新策划。

在葬礼上，我曾主动接近几位作家，试探他们是否需要所谓的经纪人。结果如我所料，他们中的任何一个好像都不愿与穗高企划的员工谈论这种事。

这意味着我已经失去了在这个行业生存的机会和手段。

但这条路是我自己选择的。就算穗高活着，穗高企划也无法摆脱倒闭的命运，我无非是把这个时间提前了。对此，我一点都不觉得后悔。作为男人，我做什么都能糊口，但违背自己的意愿，就失去了活着的价值。

忽然传来了婴儿的哭声。我听见那个女人哄孩子的声音。真令人厌烦！对周围的人来说，这简直就是意外的灾难。

如果准子在这里，她应该不会皱眉。每当看到带着婴儿或小孩的女人，她的眼中便交织着羡慕、悲伤和后悔。那时，或许是无意识的，她的手往往会放在小腹上。

我回想起遗书中的那些话。不知她当时是怀着怎样的心情写下来的。

想到准子，我的胃与胸口便开始发热。热流上下翻滚，有时还会刺激泪腺。我咬着嘴唇，强忍住那股冲动。

2

刚回到住处，莎莉就从堆在角落的纸箱后面跑了出来。它叫了一声，伸了个懒腰，打着哈欠。

我刚脱下丧服，换上宽松的衣服，电话铃就响了。我拿起无线分机坐到床上。"喂，你好。"

"是骏河先生吧?"传来了一个低沉的声音,"是我,练马警察局的加贺。"

我觉得有一团黑雾缭绕在心里,原本就疲惫的身体变得更为沉重。"有事吗?"我冷冷地问道。

"有件事想了解一下。我现在就在附近,不知上门拜访是否方便?"

"这,不大方便……因为屋子里很乱。"

"那我就在附近的咖啡店等你,能麻烦出来一下吗?"

"不好意思,我今天很累。要不改天吧。"

"不会占用你太长时间,希望你配合。"

"可是……"

"我会把车开到公寓前,请下来一下吧,不会耽误太久的。实在不行,也可以在车里聊。"

他还是一如既往地霸道。即使今天不答应他,估计明天还会过来。"好吧,请上来吧。但屋子里真的很乱。"

"没关系,请不用费心,那就打扰了。"加贺以从容不迫的语气说完后,挂了电话。

不知他到底想打听什么,我的心情变得更加沉重。他从一开始就对准子的死抱有怀疑,还说准子的头发上沾有草坪上的草。

门铃响了。挂掉电话才过了三分钟,看来他真的是在附近,没准一直在某个地方等我回来。

我拿起对讲机的话筒。"你好。"

"是我,加贺。"

"你来得可真快。"

"因为我就在附近。"

我按下按钮,打开一楼大门的自动锁。再过一两分钟,加贺就会来到房门前再按一次门铃。我急忙扫了一眼屋内,检查有没有被他看到会不利的东西。房间很乱,但没有那样的东西。这是一定的。不仅这个房间,其他地方应该也没留下显示我举动的证据。

门铃响了。莎莉好像有点害怕,躲到了椅子下面。我抱起它去开玄关的门。

打开门,我发现门外站着与那天一样穿着黑西服的加贺。他正要低头向我打招呼,看到莎莉后,吃惊地睁大了眼睛,露出笑容。"是俄罗斯蓝猫吗?"

"你知道的还真多。"

"最近正好见过同一种类的猫,就在宠物医院。"

"哦,"我点点头,"看来你已经去过她的医院了。"

"她的医院?"

"就是菊池宠物医院,浪冈小姐工作的那家。"

"哦,"这回轮到加贺点头,"我去的是另一家宠物医院。这么说来,我在菊池宠物医院好像没见过猫。也许是巧合,当时在那里看病的都是狗。"

"另一家宠物医院?"刚问出口,我便想到一种可能,"你也养宠物?"

"不,没有。虽然很想养,但因工作关系经常不在家,所以只能忍着了。同事中有人养大蜥蜴,我可受不了。"加贺苦笑着说。

"那么,去别的宠物医院是……"

"为了调查。"说完,加贺点了点头。

"是别的案子?"

"不,"加贺摇摇头,"我现在只负责浪冈小姐的案子。"

我不禁皱了皱眉。"那有必要去其他宠物医院吗?"

"呵呵,都是些杂七杂八的事。"加贺露出别有深意的笑容,看来他不打算透露更多,"总之,我能否向你了解一些情况?"

"请进。"我将门开大。

进入房间后,加贺兴致勃勃地打量着屋内。不知他的笑容是不是为了让我感到害怕而故意装出来的,眼神像寻找猎物的肉食动物一样锐利。

我们隔着饭桌面对面坐下来。我放开了莎莉。

"茨城之行怎么样?"加贺看着挂在衣架上的丧服问我。

"嗯……也没什么特别的事,就结束了。"我感觉就像是忽然挨了一拳。看来,他早已看穿我会去茨城,同时也预测到了我回来的时间。

"听说工作上有来往的人去的不多。"加贺说道。

"你听谁说的?"

"哦,出版社的一些人。"

"工作上有来往的人出席的是上石神井的正式葬礼。茨城的是由亲朋好友举办的,因此我通知他们不用出席。"

"听说是这样。"加贺拿出记事本,开始慢腾腾地翻页,"我可能会问到一些失礼的问题,请见谅。一切都是为了查明真相。"

"不必客气,尽管问。"我说道,心想事到如今,还有什么失礼不失礼。

"听说最近穗高企划的经营好像不是很顺利,是真的吗?"

"这个嘛,"我苦笑着说,"顺不顺利,其实是个主观上的问题。依我个人的看法,倒没觉得有多差。"

"但最近几年的贷款数额好像增加了不少,特别是在电影制作方面。据说在经营方针上,你和穗高先生多次发生冲突。"加贺看着记事本说道。

"嗯,毕竟都是普通人,有时难免会意见相左。这也是正常的。"

"意见相左?"加贺直视着我问道,"仅限于经营方面吗?"

"这是什么意思?"我感觉到自己的面部肌肉微微抽搐。

"我从与浪冈小姐关系密切的人那里听说了不少情况。"

"所以呢?"

"浪冈小姐曾经跟朋友诉说过这种烦恼:有人喜欢自己,自己也不讨厌那个人,却爱上了通过他认识的另外一个人,不知道该怎么办——大概是这些内容。"

我沉默了,或者说我不知道该怎么回答。我万万没有想到,话题会从事务所的经营跳跃到这里。

"那个人指的是你吧?"加贺说道。可能感到自己抓住了要害,他的口气充满了自信。

"这个嘛……"我歪了歪头,明明知道这种表情没什么用,但我还是淡淡地笑了笑,"到底是怎么回事?我不知道你在说什么。"

"浪冈小姐觉得你好像喜欢她。难道那只是她自我陶醉吗?"

我叹了口气。"我对她是有好感。"

"到什么程度?"

"什么程度是指……"

"宠物明明没有什么大毛病,却为了见到她而带着宠物去宠物医院,是这种程度吗?然后算好她下班的时间,再约她喝茶,是吗?"加贺连珠炮般地说完后,默默地看着我的眼睛。

我轻轻地摇了摇头,用手掌蹭了蹭下巴。胡子有点长了。"加贺先生,你可真行。"

加贺放松了表情。"是吗?"

"既然调查得那么清楚了,还有必要特意问我吗?"

"我想从本人嘴里听到真相。"加贺用指尖敲了敲桌面。

有那么几秒钟,我们都在沉默。我听见风吹过的声音,窗框吱吱作响。莎莉不知从何处冒出来,蜷缩在我脚边。

我呼出一口气,放松了身体。"我可以喝啤酒吗?这种话题,没有酒很难开口。"

"请。"

我站起来打开冰箱。罐装黑啤凉得恰到好处。"加贺先生也来一罐?"我拿着黑色易拉罐问他。

"是正宗的黑啤啊,"加贺笑了笑,"那我就不客气了。"

我感到有点意外,将啤酒放到他前面。我本以为他会以工作为由拒绝。

重新坐下,我打开拉环喝了一口,黑啤特有的香味弥漫在嘴里。值得庆幸的是,啤酒拯救了我干渴的嗓子。

"我曾经喜欢过她。"看着加贺的脸,我明确地告诉他。用拙劣的方法隐瞒此事,反而会刺激这个刑警敏锐的嗅觉。"不过,"我继续说道,"仅此而已。我和她之间从未发生过什么。用从前的说法就是,手都没拉过,真的。因此,即便她与穗高交往,我也没有权利指责她,更不会去恨穗高。说白了,就是我单相思。"说到这里,我又喝了一口啤酒。

加贺从凹陷的眼窝深处看着我,像是要看穿我的真意。终于,他也打开了啤酒,并像干杯一样举了起来。"大鼻子情圣[①]。看来你是为了她的幸福主动退出了。"

"没那么高尚。"我忍不住笑了出来,"只是我一厢情愿地喜欢她,又单方面被拒绝了而已。"

"你还是希望她能得到幸福吧?"

"那当然。我可不是那种因为被拒绝就希望对方不幸的阴险男人。"

"那么,"加贺说道,"当知道穗高先生抛弃浪冈小姐,准备与神林美和子小姐结婚时,你是不是产生过特殊的感情?"

"特殊的感情?"

"对,"加贺点了点头,"特殊的感情。"

我紧紧握着啤酒罐。本打算再喝一口润润喉,却觉得反胃,没有兴致再喝了。

"这倒没有。"我说道,"加贺先生,我知道你想说什么。你是不是觉得我看到自己的心上人被像垃圾一样对待,一时冲动而杀了穗高?可惜并不是这样。我可不是那种头脑简单的人。"

"谁说你头脑简单?"加贺挺直了腰,"你是个城府很深的人,这是我仔细调查后的感受。"

"这不是在夸我吧?你是不是怀疑我?"

"说实话,我的确在怀疑你。你正是嫌疑人之一。"加贺果断地说完后,喝了一口啤酒。

[①]法国戏剧《西哈诺》(*Cyrano de Bergerac*)的主人公。他因长着丑陋的大鼻子不敢向心上人表达爱意,反而帮助心上人获得幸福。

3

"那么,"我抱着胳膊问他,"遗书的事情怎么样了?"

"遗书?"

"浪冈小姐的遗书,就是写在传单背面的那个。报纸上说,经验证,那是她的笔迹。"

"那个呀,"加贺点了点头,"是的,我们已确认那是她本人写的。"

"这样一来,一切不都解决了吗?她不是在遗书里暗示过要杀穗高吗?"

加贺放下啤酒罐,用食指挠了挠太阳穴。"她并没有暗示这一点,只是说自己先去天堂而已。"

"这不就是暗示吗?"

"这可以理解为她希望穗高先生死,但并不能说明她坦白自己杀了穗高先生。"

"真是强词夺理。"

"是吗?我认为只是在叙述客观事实而已。"

加贺从容不迫的态度令我感到非常烦躁。"总之,"我紧紧地握着啤酒罐说,"不知道你是怎么想的,但我不是凶手。我杀不了穗高。"

"这可不一定。"

"穗高的死因是中毒。硝酸士的宁……对吧?我上哪儿找那种东西?"

听到这儿,加贺低下头,煞有介事地翻开记事本。"五月十七日中午，你和穗高先生他们一起去了意大利餐厅。可是听店里的人说，只有你中途出去了。记录明确显示，只有你的那份菜没有端上餐桌。"说到这里，加贺抬起头，"这是怎么回事？用餐时只有你一人离开餐厅，应该是发生了相当重要的事情吧？"

我感到握着啤酒罐的手掌开始冒汗。心里虽然做好了警方会察觉到这件事的准备，但这总归是我想避开的部分。

"那件事和我无法获取毒药有什么关系吗？"我拼命装出一副平静的样子。

"我在想，你当时是不是和浪冈小姐有过接触。"

"接触？什么意思？"

加贺没有回答我的问题，也许他觉得没用的问答只会浪费时间。他在桌上交叉手指，瞟了我一眼。"请你回答我的问题。为什么中途离开餐厅？"

我端正坐姿，觉得到了关键时刻。"有一件必须在当天完成的工作。因为想起了那件事，就先失陪离开了餐厅。"

"奇怪，听雪笹女士及餐厅的人说，之前你的手机响过。"

"是我自己弄的。"

"你自己弄的？"

我拿起正在充电的手机，调到设置来电铃声的操作页面，按下确认键。熟悉的手机铃声从小小的扬声器中传了出来。"就这样假装有电话，说别人忽然有急事找我，这样中途离席也比较方便。"

加贺表情严峻地看着我的手机，但很快露出了微笑。"到底是什么事？难道吃完饭过去就来不及吗？"

"可能来得及，也可能来不及。我要整理一本小说的资料。穗高打算带着它去新婚旅行，因此无论如何必须在当天完成。我一不留神忘了，吃到一半才想起来。"

"那份资料在这里？"

"不在，已经交给穗高了。"

"具体内容是什么？"

"是有关陶艺的资料，A4大小的纸，大约二十张。"

"陶艺……这样啊。"加贺将我这番话记在了记事本上。他仍然面带令人不快的笑容。在我看来，他的笑容就像是明知道我说的都是谎话，他却以此为乐。

他大概推测出给我打电话的是准子，但他应该找不到相关证据，因为准子用过的手机已经被穗高处理掉了，充电器也被我扔了。手机并不是以她的名义办的，因此不存在被查到通话记录的风险。

加贺思索片刻后问道："那份资料是什么时候交给穗高先生的？"

"周六晚上。"

"周六晚上？为什么？穗高先生不是打算新婚旅行时带走吗？为什么不在婚礼当天交给他？"

"因为当天有很多事情，我想可能没有时间把东西交给他。再说，从穗高的角度想，穿着新郎礼服拿着那份资料也不像样。当然，最重要的还是当天很有可能会忘记。"

加贺默默地点了点头，将手伸向啤酒罐。他一边喝啤酒，一边用犀利的眼神看着我。与其说是想看穿我的谎言，不如说是想看清说谎者的本质。

所谓的陶艺资料确实存在，我是在大约两个月前交给穗高的。那个东西估计现在仍在书桌的抽屉里。加贺一定是预想到了这些，才会问我交资料的时间。如果我回答说是当天给的,那就正中他下怀。因为那样一来,如果资料不在旅行用的行李里,就显得不自然。但如果我说是前一天交给穗高的,那么逻辑上应该没什么问题。即便穗高的行李中没有那份资料,也不会产生矛盾,因为有可能是他临走前改变主意不带了,也可能是忘记放进行李箱。

"还有别的疑问吗?"我问道。

加贺合上了记事本,放进上衣口袋,轻轻摇了摇头。"今天暂时就是这些。谢谢合作。"

"没有帮上什么忙,实在是不好意思。"

听到这句话,准备起身的加贺停了下来,看着我说:"不,今天有足够多的收获。足够。"

"是吗?"我鼓起勇气迎向他的视线。

"可以再问一个问题吗?"加贺竖起了食指,"这与调查没有任何关系,你就当是三十多岁的男人出于八卦的心态问的。如果不想,可以不回答。"

"你想问什么?"

"你,"加贺站在我的正前方,"对浪冈小姐是怎么想的?难道已经既不喜欢也不讨厌了吗?"

提问过于直率,我不由得有点畏缩,甚至无意识地后退了一步。"你为什么想知道这种事?"我问道。

加贺露出了笑容。令人意外的是,他的眼中也有了一丝笑意。"只是出于八卦的心态。"

看到刑警加贺露出不像刑警的表情,我不禁有些疑惑。难道他别有用意?

我舔了舔嘴唇，说道："我不想回答。"

"这样啊。"他一副"明白了"的表情，点了点头，然后看向手表，"没想到说了这么久，打扰你休息了。我这就走。"

"没关系。"我小声回答。这时莎莉越过我身旁，跑到了正在穿鞋的加贺那里。我急忙将它抱了起来。

加贺伸出右手，挠了挠莎莉的耳朵后方。莎莉享受般地闭上了眼睛。

"这只猫看来很幸福。"加贺说道。

"但愿如此。"

"那么后会有期。"加贺点头告别，我也点头回礼。其实很想跟他说：再也别来了。

加贺走了出去。确认脚步声远去后，我抱着莎莉蹲坐在原地。它舔了舔我的脸颊。

神林貴弘之章　五

1

脑子里就像烟雾弥漫般混乱不清,这种状态导致我无法思考。我本想通过喝威士忌驱散这种混乱,可是无论怎么努力——不,应该说是越努力,状态就越恶化,心情与碰到量子力学的难题时差不多。如果是量子力学的难题,我往往会回避,因为若真能想到解决的办法,估计就能获诺贝尔奖了。

此时此刻折磨我的这个问题,却没有什么可以回避的方法。我只能一直喝威士忌。最终,睡魔来袭拯救了我。这是昨晚的事。

但那不过是一时的拯救。今天早上,我再次意识到了这一点。在床上醒过来,我发现大脑仍旧昏昏沉沉,头也疼得厉害。

我听见有什么东西在响,过了几秒才意识到那是玄关的铃声。我从床上蹦起来。墙上的钟显示九点刚过。

我拿起装在二楼走廊上的对讲机话筒。"你好。"

"啊,请问是神林贵弘先生吗?"是一个男人的声音。

"我就是。"

"有您的电报。"

"电报？"没来得及调整好混乱的思绪，我就穿着睡衣下了楼，这才意识到，这个国家竟还有电报这种通信手段。我一直以为这种东西只会送到结婚礼堂或葬礼会场。

打开玄关的门，一个戴白色头盔的中年男人递给我一张叠好的白纸。我默默地收了下来，男人也默默地离去。

我当场打开了电报，上面一共写着二十一个字。一时间，我并没读懂那些字表达的意思，一方面是因为我的大脑仍没有恢复正常活动，另一方面则是上面的内容实在出乎我的意料。

电报的内容如下：

　　二十五日，举行头七，下午一点，在我家客厅见　穗高诚

"这是什么？"我不禁喊出了声。发这封电报的绝对不会是穗高，但发信人却是他的名字。一定是有人冒充他。到底是谁？

二十五号就是今天，周日。我没有定闹钟就睡了，因为今天不用去学校。

穗高离世已经过了整整一周。我的脑海中浮现出他穿着礼服的样子。

在我家客厅见……

我不由得感到心慌。到底是谁在干这种事？

我犹豫着该不该去，也想过要不要视而不见。如果知道是个恶作剧，不用多想，我一定会无视它。问题是，我并不觉得这是个恶作剧。一定是有人出于什么目的，想让我去穗高家。

我拿着电报上了楼梯，敲了敲美和子房间的门。

没有动静。我又敲了一下门，喊了声"美和子"，但仍没有任何声响。"我进去了。"说着，我轻轻地推开了门。

首先映入眼帘的是白色蕾丝窗帘，柔和的阳光透过窗帘照了进来。这意味着里面的遮光帘是拉开的。床上收拾得很干净，美和子当睡衣穿的T恤也叠得整整齐齐，放在枕头旁边。

我来到房间里。因为有阳光的照射，房间里充满了温暖的空气，可我却无法感受到美和子的余温。她的气息已经消失得无影无踪。

床上放着一张信纸。看到那个，我有了某种预感。我祈祷这一预感是错误的。

信纸上有她的字。我不得不承认自己猜对了，因为上面一笔一画地写着：

　　我去参加头七　美和子

2

驾驶着二手沃尔沃，我想起昨晚的事。昨天的晚饭是我做的。不仅是昨天，上周基本也都是我做的饭。虽然我会做的菜很少，但现在实在不想让美和子去做这些事。我打算在她重新找回笑容之前，做饭、洗衣服和打扫卫生都由我来做。其实，如果她的婚礼顺利结束，我一个人过也是这样。

昨晚做的是我为数不多的拿手菜之一——西式炖牛肉。家里有高性能的高压锅，在较短时间内就能将肉炖烂，用叉子很容易就能切开。美和子默默地吃着炖牛肉,除了开始说的"看起来很好吃"之外,再也没说别的。为避免冷场,我说了一些事,她也只是轻轻点头附和一下,或是摇头。她的注意力完全没有放在我身上。

她中午好像去了哪儿。我从学校回来时她在家,但我进她的房间看她时,发现墙上挂着一条陌生的白色连衣裙。

当时她躺在床上看书,察觉到我的视线后,应付着说:"想散散心,去逛街了。"

"这样啊。"

"这是逛街时买的。"

"应该挺适合你。"

"是吗?但愿如此。"美和子的眼神又回到书上,明显是在回避和我长谈。

逛街或许是真的,但我推测,她大概是做完什么事后顺便逛的。现在的她绝对不会有心情主动出去散心。

昨天出门与今天的事或许有某种关联。她肯定从昨天开始就计划以这种方式溜出家门。

看来那封电报是她发的。究竟为什么?如果是出于某种理由想让我去穗高家,她为什么不直说?这说明那个理由无法对我直接挑明。

看到了高速公路的出口。我打了转向灯,将车靠到左侧。

穗高家所在的住宅区与八天前一样安静,没有什么路人,也没有什么车。之前一直行驶在堵车严重的环状八号线,我感觉就像是掉进了空中陷阱。

穗高的白色房子与那天一样,散发着傲慢的气息俯视周围。我想起宠物狗或猫的面部表情会像它们的主人,或许房子的面貌也受主人的影响。

房前停着一辆大型客货两用车。我将沃尔沃停在了那辆车后面,车里没有人。

我来到门前,按下对讲机按键,心想一定会传来美和子的声音。虽然目的不甚清楚,但她应该已经来了。

"来了。"传来的是男人的声音,听着有点耳熟。

"那个……"我感到为难,不知该说什么好,"我是神林,请问我妹妹在这里吗?"

"是神林先生啊。"对方好像认识我,我很快也想起了声音的主人。

门开了,出现的是骏河直之。他穿着灰色西服,领带也是深灰色的。难道今天真的要在这里举行头七?

"神林先生……你怎么来了?"骏河从玄关的楼梯下来问我。

"我就是想问问我妹妹在不在这里。"

"美和子小姐……没来啊。"

"没来?不可能啊。"

"美和子小姐说过她要来这里吗?"

"没有明确说,但大概就是那个意思。"

"哦。"骏河的视线朝着下方。他的表情与其说是慎重,不如说是在提防。

"骏河先生,你怎么会在这里?"我问道。

"啊……我来收拾东西,因为一些资料还在这里。"

"你是擅自闯进来的吗?我记得门应该是锁着的。"

"哦,那是因为……"骏河刚开始好像还在找借口,但很快就面带苦笑耸了耸肩,"刚才我说的不是实话。其实我不是来收拾东西的,我是被叫来的。"

"被叫来的?"

"就是这个。"骏河将手伸进西服内侧口袋。拿出来的东西果然如我所料,正是电报。

我也从裤子口袋中掏出了同样的东西。

骏河微微往后一仰:"果然。"

"邀请出席头七……对吗?"

"对,署名是穗高诚。"他将电报放进口袋。

我也把电报收好。看来没有必要确认彼此的电报内容了。"可以进去吗?"我问他。

"当然可以,我也是自己进来的,门没上锁。"

"没上锁?"

"是的。电报上不是写着'客厅见'吗?所以我理解为可以随便进客厅。"

我跟着他走进屋里,里面静悄悄的。也许是天花板高的原因,脱鞋时的回音显得很大。宽敞的客厅没有开灯,略显昏暗。沙发上放着的好像是骏河的公文包。我闻到了一丝香烟味。

"美和子小姐没跟你一起来吗?"骏河问道。

"没有。当我收到电报时,她已经不在房间里了。"

"那么,你说的她会来这里是……"

"她留下了字条。"我说起放在床上的那张信纸。

骏河看来也有相同的推测,皱着眉说:"这么说,电报应该是她发的……"

"有可能是。"我回答道。

我们面对面坐了下来。骏河问我可不可以吸烟,我说请便。茶几上的烟灰缸里已经扔了四个烟头。

他正要点第五支烟的时候,门铃响了。他将香烟从嘴边拿开,淡淡一笑。"看来是第三位客人。不用问,也知道是谁。"说着,他走近墙上的对讲机,拿起了话筒,"来了。"

对方好像报出了名字,骏河听后露出一丝冷笑。"对,大家都到齐了,你也快进来吧。"他放下话筒,看向我,"果然没猜错。"他说完便走向玄关。

传来了开门的声音,还有雪笹香织的声音。"那个电报到底是怎么回事?是谁决定举行头七?发信人还是穗高先生。"

"我也不知道到底是谁,出于什么目的,把我们三个人叫到这里。"

"三个人?"雪笹香织带着疑惑的口气走进来,看到我后止住了脚步,"啊,神林先生……"

"你好。"我颔首招呼。

"神林先生也收到了那封电报?"

"是的。"

"原来是这样。"雪笹香织略显不安地皱起了眉头。她穿着深蓝色西服,看来她和骏河一样,虽然不信真的会举行头七,但还是尽量没穿花哨的衣服。

"可以说演员都到齐了吧?"骏河跟在她身后走了进来,"如果穗高也在场,就完美了——"说到这儿,他张着嘴停了下来,眼睛看向我后方。

与骏河面朝同一方向的雪笹香织也瞪大了眼睛。看得出她屏住了呼吸，表情充满惊讶。两人都看着面朝院子的落地窗。

在我回头前，多少已经猜到他们看到了什么。我想起自己曾经历过类似的场景，就在八天前。我慢慢回过头，看到的场景果然如我所料。

美和子站在那里，穿着昨天买的那条白色连衣裙。她就像那天的浪冈准子一样，默默地看着我们。

3

美和子看着我们时，谁都没能发出声音，也没能动弹。如果从旁边看，我们也许就像几尊在对峙的蜡像。

没过多久，美和子动了起来，她哗啦一声打开落地窗。看来她早就知道窗户没有上锁。不用说，门锁也是她开的。她穿过白色蕾丝窗帘。窗帘拂过她的头顶时，就像穿着婚纱一样。

"那天，"美和子开口说道，"她就是这么出现的吧？"

不知这句话是对谁说的。从语气来看，应该不是对我。当然，由我回答也没有什么不妥。但是骏河回答了她的问题。

"是的，感觉一模一样。"他的声音彻底变了。这也能理解。

美和子脱下凉鞋，来到客厅，裙摆随风飘逸，雪白的大腿若隐若现。她先是背对着我们关上落地窗，然后转过身。"我想试着体会一下浪冈小姐的心情，于是站在了那里。"美和子说道。

"那有什么收获没有？"雪笹香织问她，"体会到什么了吗？"

"嗯，体会到了，而且是很重要的事。"美和子回答。

"到底是什么事？"我问道。

她瞟了我一眼，又先后看向骏河与雪笹香织。"就是那天浪冈小姐为什么会站在院子里。"

"是为了见你，她想知道背叛她的穗高到底要和什么样的人结婚。这是她亲口说的，绝对没错。"骏河说道。

"真的只是因为这个吗？"

"如果不是，难道还有什么别的理由吗？"雪笹香织有些不耐烦地说道。

"我觉得……她的主要目的是让诚看到她。"

听了她的话，我们三个都面面相觑。

"什么意思？"我问她。

"我是站在那里才想到这一点的。"美和子对我说，"像今天这样的好天气，从外面基本看不到里面，尤其是拉着蕾丝窗帘的时候。那天……婚礼的前一天，天气也非常好。"

"所以呢？"

"如果哥哥你站在那里，也会明白的。我站在那里看不清你们，你们在这里看我却能看得很清楚。处于那种状态，会感到很不安，令人想逃走。但浪冈小姐没有逃走，一直站在原地。你觉得是为什么？"

我摇了摇头，表示不知道。

她又看了看另外两个人。"我觉得，浪冈小姐是想让诚看清她的模样，看到她在世上的最后一刻。估计她当时已经决定要自杀了。"

美和子的话使我们陷入了沉默。她那响亮的声音久久回荡在宽敞的客厅内。

终于,骏河点点头说道:"也许是这样。那叫什么毒药来着?硝酸士的宁,对吧?总之,她从工作的地方偷出毒药时,就已经决定要与穗高同归于尽。"

"我想她心里一定希望能和诚同归于尽,那天她也是抱着这个念头来这里的。"

"所以呢?你想说什么?"我问道。

"我想说的是,"美和子做了个深呼吸,"浪冈小姐来到这里时,脑海里并不存在诚已经死了的想法。"

"什么?"雪笹香织不禁喊出了声,"那是……什么意思?"

"如果她是凶手,那么一定是在那之前投的毒,因为之后药瓶由我保管,她没有机会再接触药瓶了。"美和子看着雪笹香织,"但如果是周五之前投的毒,那么她周六来到这里时,诚应该已经死了。但是,从大家的叙述来看,浪冈小姐好像并没有诚已经死了这种想法。"

我倒抽了一口凉气。确实如她所说。

其他两个人好像也不知道该说什么好,但很快还是骏河开口说道:"可是……毒胶囊还是放进去了。结果,穗高就死了。"

"是的,但她没有机会,因此毒药是其他人放进去的。"美和子平静而又干脆地说,"是你们当中的一个。"

4

空气忽然变得异常沉重,整个房间都笼罩在沉默中。客厅本来就大,现在则更觉得如此。远处传来了汽车的引擎声。

最早做出反应的是雪笹香织。她叹了口气,坐在沙发上。她跷腿时我才发现,她的裙子出乎意料地短,露出了修长的腿。这一瞬间,不知为何,我确信她与穗高之间绝对发生过什么。

"这样啊,"她说道,"所以才用这种方式把我们叫到一起,还特意发了那封奇怪的电报。"

"我向不是凶手的两位道歉,对不起。可我只能想到这种办法。"

"你没必要也给我发电报。"我对她说。

"我想,应该对三位一视同仁。"美和子没有看我的脸。

"如果连亲哥哥都不例外,那么我也只能配合了。但我有点不明白,为什么把嫌疑人限定在我们三个中间?"骏河坐到雪笹香织旁边。

"理由很简单,"美和子说道,"如果想以那种方式将诚推向死神的怀抱,至少需要两个条件。一是知道他一直服用那种鼻炎胶囊,二是有机会将毒胶囊混入药瓶或小药盒。满足这两个条件的,只有在座的三位。"

骏河像外国电影明星一样夸张地摊开了双手。"我们确实知道穗高的常备药,也有可能找个机会将毒胶囊放进去。但美和子小姐,你忘了一件重要的事,那就是我们根本没有毒药。你看了新闻应该知道,硝酸士的宁这种毒药不是随便就能拿到的。制作毒胶囊的是浪冈小姐,这是雷打不动的事实。你说我们中有谁能拿到她制作的毒胶囊?还是说我们中的某人接受浪冈小姐的请求投了毒?"

美和子闻言,轻轻地叹了口气,面向院子,缓缓地拉上了内侧的窗帘。屋里完全暗了下来。她绕过我们坐的沙发,走向入口处,打开墙上的两个开关。花瓣造型的灯照亮了整个房间。

"我不是名侦探,"美和子开口说道,"没有能力说出能让大家信服又能让凶手坦白罪状的推理。我能做的,只有请求。"

她再次走近我们,站在一米开外的位置,轻轻吸了口气。"拜托了,"她用压抑的声音说道,"是谁将诚推向了死亡,求你自己站出来吧。"她又说了一次"拜托了",然后低下头,一动不动。

我觉得曾经在哪儿看过类似的电影。不是最近,而是很早以前。当时父母还健在,我和美和子也还只是普通的兄妹。或者那不是电影,而是梦境。总之,自从看到那一幕,我和美和子一直走在歧路上,后果就是现状。妹妹将哥哥视为凶杀的嫌疑人,哥哥则无话可说,不知所措。

她有充分的理由怀疑我。我有机会接近美和子的药袋,而且还有动机。

我看了看其他两个人。骏河和雪笹香织都在看别处,避免与任何人有眼神交流。我觉得他们都在观察其他人的态度,同时又觉得他们中的一个会忽然坦白,说出"穗高其实是我杀的"。

我想到了那封恐吓信,不知是他们中的哪一个写的。前天送雪笹香织去横滨站的路上,我还问她是否经常用电脑或打字机,她回答说哪个都不用。恐吓信中的文字是用电脑或打字机打的,如果相信雪笹香织,那么写恐吓信的应该就是骏河。但最近真的还有既不用电脑也不用打字机的编辑吗?

我的预感并没有成真,两个人都没有开口,甚至动也不动。骏河把右胳膊支在沙发扶手上,托着下巴坐着。雪笹香织则将双手交握在膝盖上,盯着茶几上的烟灰缸。而我只是转动眼珠观察他们。

美和子抬起头,我看向她。"我明白了。"她沉重地说道,"我本想,如果凶手自己站出来,我会向警方求情,能不能酌情减刑。不过,看来我的话没能打动大家。"

这时,雪笹香织开口了。"骏河先生——"所有人都看向她。在大家的注视中,她继续说道:"还有神林先生,我相信两位,并且确信美和子小姐一定是有什么误会。不过,如果——请别介意,这只是个假设——如果两位中有人能够主动站出来,我也会像美和子小姐一样,甚至比她更热心地向警方求情,争取减刑。因为,我觉得一定是有什么苦衷才那么做的。"

"我们是不是得说谢谢?"骏河苦笑着,"我将同样的话原封不动地还给你。"

雪笹香织点了点头,略微扭曲的嘴唇露出了难以理解的笑容。

美和子重重叹了口气,那声叹息好像让空气变浓重了。"真没办法。我原本期待有人能够主动站出来的。"

"我会那么做的,如果我真的是凶手。"骏河用挑衅的语气说道。

美和子垂下眼睛,默默地走向门口。她看了我们一眼,然后露出下定决心似的表情,转动把手推开了门,冲着外面说:"请进。"

立刻有人走了进来。所有人的视线都集中到那里。

加贺看着我们,轻轻点头致意。

骏河直之之章

五

1

大个子刑警的登场至少对我来说不是什么意外,因为我觉得神林美和子一个人不可能准备如此夸张的舞台。

"这算是主角登场吗?"我对加贺说,讽刺他明明早就到了这里,却等到现在才出现。

"我只是个配角——不,甚至连配角都不是。在座的各位才是主角。"加贺环视着我们说道。

"啊,我明白了。"雪笹香织开口说道,"加贺先生一定是导演,指导美和子小姐演了一出精彩的戏。"

"为了避免大家误会,我先说明一下,来这里之前,我也不知道会有这种安排。我是听美和子小姐说有很重要的话要讲,才来到这里。说实话,我不赞成这种方法,因为我认为,把每个人叫到审讯室各个击破的方法可能更有效。"

"但是我不想用那种方法。我想亲耳听听,到底是谁、因为什么、怎样杀了诚。我不希望这件事在警察局的密室里被处理掉。"

神林美和子的慷慨陈词有点刺激到了我的鼓膜和心脏。虽然很青涩，还有些自我陶醉，但还是很感人。我再次感慨，她何必为那样的男人这么做。

"这件事，警方应该不会隐瞒信息，但我也理解美和子小姐的心情。所以，"加贺咳了一声，"我决定配合这种有点戏剧化的安排。"

"简直太戏剧化了，"我说道，"完全是阿加莎·克里斯蒂的世界，把嫌疑人叫到一起进行推理。"

"如果是克里斯蒂的世界，那么情节会复杂一些，嫌疑人也会更多，最起码得将椅子沿着房间的墙根摆满。但调查的难点在于，即便嫌疑人只有三个，想从中确定凶手也不容易。"

"但是应该确定了吧，加贺先生？既然你都这么帅气地登场了。"雪笹香织的口气带有一丝嘲讽。

"可不能这么说，目前还有很多事情没弄清。"加贺挠了挠后脖颈。

"我觉得，"神林美和子说道，"加贺先生一定能帮我找出凶手，或者说，他可能已经确定了大致的人选。正因如此，我才请他过来。"

"看来你还挺看得起他，但他会不会辜负你的期望呢？他可不是警视厅的，只是个分局的。我的话没错吧？"

"确实如你所说。"加贺看着雪笹香织，露出爽朗的笑容，"不过，雪笹女士，有些事只有分局的人能做到。再说，既然美和子小姐对我评价这么高，我得不负所望才行，虽然不知道自己能做多少。"说完，他走上前来，环视我们后竖起食指说道，"在此之前，我最后再劝告一次，希望杀害穗高先生的人现在自己能够站出来，这样按自首处理也不是不可能。"

"和刚才美和子小姐的提议一样。这算是交易吗？"

"可以这么说。"

"怎么样,两位?"雪笹香织看着我和神林贵弘,"我觉得这个交易还不错。当然,是对于凶手而言。"

我什么都没说,将手伸向烟盒,问:"我可以抽根烟吗?"谁也没说可以或不可以。我叼起烟,用打火机点上。神林贵弘一直低着头,完全猜不出他在想什么。

"很遗憾,看来交易失败了。"雪笹香织对加贺说。

加贺没有露出过多失望的样子。他轻轻举起手。"没办法了。那么,我们就进入所谓阿加莎·克里斯蒂的世界吧。"

2

加贺将手伸进黑色西服的内侧口袋,拿出记事本。他保持站姿,将记事本打开。"我们从头整理一下。案件的内容正如大家所知,是穗高先生在婚礼时因为吃了毒药而死亡。酒店的几个服务生看到穗高先生在婚礼开始之前服用了鼻炎药。后来,警方发现了浪冈小姐的尸体、遗书、毒药粉末和填装毒药的胶囊。因此,目前的主流看法是,这是一起由浪冈小姐策划的殉情事件。"

"这个没什么错吧,真不知道你们怎么还不满意。"说完,我看向神林美和子,"美和子小姐刚才的说法非常耐人寻味,但归根结底只是些感性的猜想。那天浪冈小姐为什么来到这里,谁也不知道。或许她是来确认周五之前放进去的毒胶囊怎样了。"

"还有一件事,"雪笹香织插嘴说道,"这是听美和子小姐说的,据说浪冈小姐买鼻炎药是在周五,所以加贺先生认为她没有时间将毒胶囊放进去。但她会不会在周五晚上来过这里呢?"

"周五晚上吗?"加贺看上去在故作惊讶,"那天晚上穗高先生一直在家,难道能瞒过他做手脚?"

"这个……即使瞒不过他,也有很多办法。"雪笹香织含糊其词。

这时,神林贵弘抬起了头。"我也提一点,可以吗?"

加贺说:"请讲。"

"我也听说浪冈小姐周五买了鼻炎药,但就算如此,也不能断定她将这些药用在了制作毒胶囊上吧?也许她在更早之前就买过鼻炎药,并制成了毒胶囊,早在周五之前就放了进去。"

"如果是这样,那么浪冈小姐为什么周五还要买鼻炎药?"

"不清楚。我可不知道她想的是什么,毕竟我们素不相识。"

"如果你的推测是正确的,那么应该能找到她在周五新买的鼻炎药。但是在浪冈小姐的住处并没有发现那种东西。"

"不能因为没发现,就说不存在吧?"神林贵弘面无表情,但我能从他的语气里感到他的自信。我想他在讨论量子力学时可能也是这样。

神林贵弘的主张确实合乎情理。也许是这个原因,加贺沉默了一会儿。但他很快低声笑起来,眼神仍然锐利。

"我还没说什么,大家已经说了不少。这是非常好的趋势,请继续保持这个状态,这样一定能发现真相。"

"你这不是在戏弄我们吗?"明明知道加贺是在挑衅,我还是没等调整好语气就开口了。

"戏弄?怎么会。"加贺摇头否定后,把右手伸进裤子口袋,掏出一些东西放在了茶几上。是十元硬币,总共有十二枚。

"你想干什么?"我问他。

"一道简单的算术题。案件发生后,美和子小姐包中的鼻炎药药瓶被警方收走了。瓶里有九粒胶囊,都没有毒。"说完,加贺从十二枚硬币中拿走了三枚。"婚礼开始前,美和子小姐从瓶中取出一粒胶囊放进了那个小药盒。这说明,之前瓶中有十粒胶囊。"他将一枚硬币放回桌面,"据美和子小姐说,穗高先生将药瓶交给她之前,就着罐装咖啡吃了一粒胶囊。而且,他还说过这样的话:'不好了,药效好像没有了,明明刚服药没多久。'"

我也记得当时的情形。穗高的确是在不停地擤鼻涕。

"也就是说,穗高先生短时间内便服用了两粒胶囊。那么,加上这两枚。"加贺把两枚硬币放回茶几上面,"就像这样,回到了原来的十二枚。要知道,那个药瓶本来的容量就是十二粒。可见,穗高先生服用第一粒药时,那瓶药是新的。如果浪冈小姐是凶手,等于是把毒胶囊混放到新的药瓶里,这有可能吗?"

"应该可能吧,难道有什么问题吗?"雪笹香织问道。

加贺看着她,露出从容不迫的笑容。明知这是为了让我们焦躁而耍的小手段,我还是无法保持平静。

"在刚买的情况下,药瓶是装在包装盒里的。穗高先生是怎么处理这个盒子的呢?有关这一点,雪笹女士也曾提到过。穗高先生将药瓶交给美和子小姐前,把包装盒扔进了书房的垃圾筐。那个包装盒警方也收走了,还进行了调查。"

"查到什么了?"我问他。

"包装盒上只查到穗高先生的指纹,也没有打开后重新用胶水粘上、伪装成新药的痕迹。从以上结果来看,基本上不存在往新药瓶里投毒的可能性。因此，浪冈小姐不是凶手。"加贺挺直腰板俯视着我们，"关于这一点，还有什么疑问吗？"

没有人发言。我想找出这个推论的破绽，却没能成功。

"那么究竟是谁投的毒？为了弄清这一点，有必要查一下有作案机会的人。首先，用不着多说，是穗高先生本人。"

"从那种情况来看，不可能是自杀。"神林美和子一脸惊讶地看着加贺说道。

"我也这么想，但这种事情最好还是周密些。基于这种理由，作为有可能放进毒药的第二个人，有必要加上美和子小姐你。"

"美和子怎么可能是凶手？"神林贵弘发言道。

"这只是出于周密的考虑。"

"但是……"

"哥哥，"神林美和子对哥哥说道，"我们先听听加贺先生的看法。"

神林贵弘闻言，咬着嘴唇低下了头。

"问题从这里开始。除了穗高先生和美和子小姐，究竟谁还有作案机会？想想穗高先生身亡前毒胶囊的转手过程，范围自然就能确定。"

"你是说……只有我们三个人，对吧？"

"还有一个人，雪笹女士，还应加上贵公司的西口绘里小姐。但从整体上看，可以断言她与此案无关。"加贺又先后看向我和神林贵弘，"这些大家有什么疑问吗？"

我不知道该说什么，只能一直抽烟。烟很快就燃尽了，我把烟掐灭在水晶玻璃烟灰缸里。神林贵弘他们好像也说不出什么。

"下面，让我们想一想毒胶囊。正如大家所知，毒胶囊原本是浪冈小姐制作的。如果认为是别人恰巧在同一时间得到了硝酸士的宁这种特殊药品,又偶然想到把它放进鼻炎胶囊,恐怕不大现实。那么,凶手是怎么拿到毒胶囊的呢?"加贺走近落地窗,拉开了神林美和子方才拉上的窗帘,"为了弄清这个问题,首先有必要弄清浪冈小姐自杀的原因。"

加贺背对庭院站着。由于是逆光,我看不清他的表情,这使我莫名地感到不安。当然,他也许正是为了达到这种效果而故意这么做的。

"你怎么能说这种奇怪的话?她自杀能有什么谜团?"雪笹香织的声音好像还保持着一些从容,也许是因为她相信自己的嫌疑最终会被排除。

"有几个疑点,我以前对骏河先生说过。"加贺看着我说。

"有这事吗?"我故作不知。

"首先是草坪上的草。"他说道,"浪冈小姐的头发上沾着一些草,经调查,基本可以判定是这个庭院里的草坪上的草。不仅品种一样,连使用的除草剂也一样。科学的力量真伟大,能从小小的草上知道这么多信息。这样,疑问就产生了:为什么她的头发上会沾有这种东西?"

"既然那天她来过这里,一定是当时沾上的。这有什么奇怪的……"雪笹香织有些生硬地说道。

"那可是沾在头发上。"加贺说道,"我问过气象局,那天几乎没有风,是大晴天。那种天气,头发上怎么会沾上草?她仅仅是站在院子里而已。"

"这我也不知道,也许是偶然间有枯草飘了起来。"

"这种可能性不大,但也不是没有可能。那么传单的事又该怎么解释?就是写着遗书的那张传单,上面有非常不自然的地方。"加贺将脸转向了我。

"有关这一点,我应该发表过意见。试图自杀的人的心理,只有本人清楚。"我说道。

加贺点了点头。"的确如你所说。所以,将遗书写在传单的背面,以及传单的一边被裁去等事都没有必要考虑。"

"那需要考虑的是什么?"

"是更关键的事。我之前说过,那是一家美容沙龙的传单。那种传单并没有分发到日本的千家万户。那天,传单夹在报纸中,只分发到包括这片街区在内的一小部分地区。"

我明白加贺到底想说什么了,腋下不禁开始冒汗。

"明白我的意思了吗?浪冈小姐居住的公寓并没有分发那种传单,那么它为什么会出现在她的住处?"

我努力保持平静,心中则充满了焦虑。疏忽的地方实在太多了。我以为有了亲笔写的遗书,会很容易被警方作为自杀处理。出于这种考虑,我将那张纸放在了尸体旁边。虽觉得写在传单的背面有些不自然,但只要笔迹一致,应该不会有什么问题,却万万没有想到还会有分发地区的问题。

"另外,还有浪冈小姐的凉鞋,白色的凉鞋。"加贺说道,沉着的语气很可恨。

"凉鞋有什么问题吗?"雪笹香织问他。

"我们发现脱下后扔在家中的凉鞋鞋底上沾着泥土。"

"泥土?"

"是的，泥土。当时看到后，我就觉得奇怪。她住的公寓周边都是水泥路，即便在某处走的是泥土路，在回公寓的路上也会被蹭掉。于是我调查了一下泥土的成分，"加贺隔着窗帘指着庭院，"答案很快就出来了。果然如我所料，沾在鞋底的是这个院子里的泥土，成分完全一致。这到底是怎么回事？为什么她的鞋上沾着这个院子里的泥土？"

加贺响亮的声音像重拳击中腹部一样，回荡在我的腹腔内，每一句话对我来说都是打击。凉鞋……这么说确有此事。

我想起了搬运准子尸体时的情形。我们先准备好纸箱，然后把尸体装进去。当时，穗高脱下了她的凉鞋，他是这么说的："搬运时要尽量保持尸体的原状。要是一不小心被警方察觉到尸体移动过，可就白忙一场了。"

没想到，因为将凉鞋原封不动地搬运，现场的泥土也被带了过去。

"基于以上情况，我们可以推测，浪冈小姐死亡的地点很可能不是自己的住处，而是这个院子。她在这个院子里写完遗书后吃了毒药，所以头发上沾着草。但这个推理存在缺陷——既然遗书是在这里写的，那写字的笔呢？传单是放在信箱里的，那圆珠笔从哪儿来的？答案令人意外。"加贺煞有介事地故意停顿了一下，"那就是社区信息传阅板。那天各位去意大利餐厅期间，邻居来送传阅板，并将它插进了信箱。为了方便收到的人签字，传阅板上还附着一支圆珠笔。我推测她用的是那支笔，为此我去街道负责人那里借来传阅板，经鉴定，上面有几枚浪冈小姐的指纹。"

情况正变得极为不利，我却不得不佩服这个刑警的慧眼。我压根没想过准子是用什么写的遗书，更没有注意到传阅板的存在。

"总之,基本可以确定浪冈小姐是在院子里自杀的,然后有人把她的尸体搬运到了她的住处,所以凉鞋上仍沾着泥土。这样一来,一切都说得通了。那么,尸体到底是谁搬运的?在这里,我们需要注意某个人的行动,就是在餐厅用餐时忽然离席的那个人。"

听到加贺这番话,神林贵弘看向我,就连雪笹香织也露出了恍然大悟的表情。我想说话,虽然不知道该说什么,但还是打算先开口。就在这时,放在胸口口袋里的手机响了。

"抱歉。"我说完便把手伸进西服口袋。一般情况下,如果形势对我不利时手机响起,我往往会觉得得救了,但不知为何,这次我却没有这种感觉,甚至觉得手机铃声听起来有一种不祥的感觉。我拿出手机,按下通话键,将耳朵贴近,说了句"喂",电话却挂了。

这时,加贺将手从裤子右边的口袋里抽了出来。不知道他是什么时候把右手伸进去的。他从口袋里拿出手机,看来刚才的电话是他打的。

"其实,我们在浪冈小姐的住处发现了一个奇怪的东西。能猜到是什么吗?是手机,放在她上衣口袋里。最近,浪冈小姐工作的菊池宠物医院给她发了一部手机,是为了有急事时方便联系。在房里发现的正是那部手机。"

我不禁一颤。准子她有两部手机!

"这有什么奇怪的,无非是发现了该有的东西。"雪笹香织说道。

"抱歉,是我的说明不够充分。手机本身没问题,奇怪的是与手机一起发现的手机充电器,它藏在挂满衣服的简易衣架后面。"

我感到心惊肉跳。既然有两部手机,那么充电器理应也有两个。

"问题是,"加贺说道,"那个充电器并不匹配我们发现的这部手机,因此浪冈小姐应该还有一部其他机型的手机,于是我们开始寻找。但是,调查浪冈小姐的存款账户和信用卡明细后,却没有发现扣除手机话费的痕迹,这说明那部手机是以别人的名义申办的。一个年轻女子使用以他人名义申办的手机,不难猜到给她手机的人是谁。"

"是穗高……"神林贵弘小声自语道。

"自然会这么想。我们立刻进行调查,毫不费力就得到了答案。穗高先生除了自己使用的手机外,还有一部手机,而那部手机我们怎么也找不到。"

我感觉脑子晕得像是转了一大圈。原来是这样。我拿走的那个充电器,是准子的医院发给她的那部手机的。

"然后……你们调查了穗高那部手机的通话记录?"

"正是如此。"加贺点了点头,"即使没有手机,也能查到那些信息,连具体通话时间都能查清楚。浪冈小姐最后通电话的对象是你,正好是你在餐厅接电话的那段时间。"

3

我快速思考各种方案,得出的结论是现在抵抗也没用。擅自移动尸体确实是犯罪行为,但考虑到当时的情况,应该不至于判重罪。虽然被攻破了一道防线,可加贺离真相仍然很远。我决定丢掉最外层的防线。

"我是……"我抬头看着加贺轮廓立体的脸说,"被命令的。"

"被穗高先生?"

"是的。"

"我猜到了。"加贺点头道,"电话确实是浪冈小姐打来的吗?"

"她暗示要自杀,所以我不得不中途离席,去看她怎么样了。"

"结果发现她已经死在了院子里?"

"对。我立刻打电话告诉穗高,那家伙赶过来,看到她的尸体后,马上说得想想办法,将尸体搬到她的住处。至于她为什么自杀,穗高好像没什么兴趣。"我回头看着站在门旁的神林美和子,只见她面色苍白,"那家伙就是那种人。"

我继续说明搬运准子尸体的具体情况,又说我们搬完尸体后便马上离开了公寓。

"以上就是我做的一切。我对耽误尸体被发现有责任,但这和穗高被杀应该没什么关系。"这么总结后,我点了一支烟。

"有没有关系,那是现在开始要调查的。"加贺说,"刚才那段话中,重要的是你进了浪冈小姐的住处。也就是说,你有机会接近毒胶囊。"

我拿起打火机想点烟,但第一次没有点着,接连试了两次都失败了,到了第四次好不容易才点上。

雪笹香织在旁边表情僵硬地看着我。我想,其实没有任何必要护着这个女人。

我慢慢地吸了一口烟。注视了一会儿袅袅升起的白烟后,我再次看向加贺。"其实不止我一个,加贺先生。进入那间屋子的,除了我和穗高之外,还有一个人。"

虽然不是很明显,但加贺这天第一次露出了困惑的表情。"什么意思?"

"就是字面上的意思。有人从头到尾看了我们搬运尸体——这个人跟踪我们,最后还进入了浪冈小姐的家。难道不应把这个人也列入嫌疑人名单中吗?"

"是谁?"

我嗤笑一声,算是最后的虚张声势。"一定要说出来吗?"

加贺犀利的眼神慢慢从我身上移开,然后在雪笹香织身上停了下来,她则凝视着半空。"是你吗?"加贺问道。

雪笹香织深吸了一口气。她瞥了我一眼,然后将目光转回正前方,轻轻点了点头:"是的。"

"这样啊……"加贺点了点头,在窗前踱了几步,影子在茶几上晃动。不久他停了下来。"对刚才骏河先生的叙述,你还有什么要补充的吗?"

"没什么补充的。"她说道,"穗高先生在餐厅接到骏河先生的电话时,状态很不自然。我觉得一定有什么事,于是跟踪到这里,然后看见骏河先生也在场,两个人正往外搬一个很大的纸箱。"

"所以你就跟踪到了公寓?"

"不能说是跟踪。我听了他们的对话,猜到他们打算把纸箱搬到哪里,等了一会儿便打车去看了看,发现他们刚刚搬完。我进了屋,发现了浪冈小姐的尸体。之后,骏河先生又一个人回来了。"

"你没有想过报警吗?"加贺问她。

"说实话,"雪笹香织耸耸肩说,"我觉得无所谓。既然浪冈小姐死亡的事实无法改变,那么现场是哪儿都没多大意义。而且我觉得,如果她被认定是在家里自杀的,就不会有多余的麻烦事。"她回头看着神林美和子,"我不想毁了你的婚礼,这是真的。"

神林美和子轻轻动了动嘴唇,但没有发出声音。

加贺问道:"你看见桌上放着装有胶囊的瓶子了吗?"

雪笹香织略一犹豫,开口说道:"是的,我看见了。"

"还记得里面胶囊的数量吗?"

"记得。"

"有几粒?"

"八粒。"回答完后她看向我,微微笑了一下。

"骏河先生,雪笹女士说得对吗?"加贺的目光再次回到我身上。

"我记不清了。"我回答。

听到这儿,雪笹香织又开口了:"骏河先生看到瓶子时,里面应该还有七粒胶囊。"

"哦?"加贺吃惊地睁大了眼睛,"为什么?"

"因为,我拿了一粒。"她满不在乎地回答。

我看了一眼她的侧脸。她挺胸抬头坐在那里,像是天不怕地不怕。

"你是说自己拿了一粒毒胶囊?"加贺竖起食指,再次向她确认。

"是的。"

"你又是怎么处理的?"

"没怎么处理。"雪笹香织打开黑色提包,拿出叠成小块的面巾纸,摊开后放到茶几上。面巾纸里面包着一粒很眼熟的胶囊。

"这就是当时的那粒胶囊。"她说道。

雪笹香织之章　五

1

对于我的态度，骏河直之看起来非常吃惊。这也能理解，我也是犹豫了很久才决定坦白偷胶囊的事。

看着放在茶几上的胶囊，谁都没说话。估计加贺也万万没有想到会出现这粒胶囊。

"这真的是浪冈小姐住处的毒胶囊吗？"加贺终于问我。

"千真万确。"我回答道，"你要是怀疑，可以做司法鉴定。或者你现在服用也可以。"

"我可不想死，"加贺微微一笑，然后用面巾纸将胶囊重新包好，"这个可以借用一下吗？"

"请便，反正我也没打算用它。"

"没打算啊……"加贺从西服口袋里拿出一个小塑料袋，将叠好的面巾纸放进去，"那是为什么？"

"什么为什么？"

"为什么偷药？你应该一眼就看出胶囊里的东西被替换了。"

我看着天花板，叹了口气。"没什么理由。"

"没理由？"

"对。不知为什么，就是想偷一粒。如你所说，我一眼就看出胶囊里的东西被替换了，因为旁边还有个装有白色粉末的瓶子。我不否认，我察觉到那可能是毒药。"

"但你还是偷了。"

"是的。"

"我无法理解，你怎么会毫无目的地去偷可能是毒药的胶囊？"

"我不知道别人会怎样，但我就是这样的女人。如果我的行为导致了调查混乱，我道歉。对不起。但既然还了，我应该没什么问题了吧？"

"不一定都还了吧？"骏河在旁边说道。

"什么意思？"

"我的意思是，你不一定只偷了一粒。你说原来有八粒，但那无法证明，很可能有九粒，或者十粒。谁能证明你只偷了一粒呢？"

我回视骏河直之瘦长的脸。看来他是怕会怀疑到他头上，所以先发制人。"我说的是实话，并且正努力证明这一点。我偷了一粒胶囊，所以就交出了偷的那一粒。相比之下，骏河先生，你呢？你是不是也有需要交出来的东西？"

"我不知道你在说什么。"

"我可记着呢。我们俩离开浪冈小姐的住处时，你擦掉了瓶子上的指纹，那时我看到瓶子里面的胶囊只剩六粒了。不知道消失的那一粒到底去了哪里呢？"

骏河应该没有继续慢慢抽烟的闲情了。果然如我所料，他将还剩不少的香烟在烟灰缸里摁灭，面部很不愉快地扭曲着，看起来尴尬而狼狈。

"到底是怎么回事，骏河先生？"加贺问他，"雪笹女士刚才说的是真的吗？"

骏河轻轻地抖动膝盖，可以看出他正犹豫不决。他一定是在考虑到底是承认还是装糊涂。

忽然，我感觉到他的肩膀力气尽失。直觉告诉我，他打算说实话。估计他也觉得事到如今，恐怕无法蒙混过关。

"她说得没错，"骏河有些生硬地说道，"我是拿了一粒胶囊。"

"胶囊现在在哪儿？"

"扔掉了。当我知道穗高的死因是毒杀时，怕会怀疑到自己身上，于是扔掉了。"

"扔在哪儿？"

"和生活垃圾一起放进垃圾袋扔掉了。"

听到这里，我大声笑了出来。骏河露出吃惊的样子。我看着他说道："你的意思是，你就不信我们能找到那个垃圾袋？"

骏河歪着嘴说："我说的是实话。"

"但无法证明。"

"对，就像你无法证明自己没有偷两粒以上的胶囊一样。"

"可是你，"我停顿了一下说道，"有动机。"

骏河瞪大了眼睛，我看出他的脸颊在抽搐。"你说什么？"

"你在浪冈小姐的尸体前流泪了，而且哭得很伤心，充满懊悔。心上人被逼自杀，自己还被迫处理她的尸体，你得多恨穗高先生啊。"

"就算这样，我也没有头脑简单到立即去杀他。"

"我可没说你头脑简单，而是说你想杀他是理所当然的。"

"我，"骏河瞪着我说，"没有杀穗高。"

"那为什么偷胶囊？"加贺用犀利的语气问道。

骏河把脸转了过去，从他下巴的变化可以看出他正紧咬牙关。

这时，一直沉默的美和子发言了："可以问一个问题吗？"大家的视线都集中到了她的身上。美和子注视着我，眼神非常真挚，这让我不禁有些惊慌失措。"我想问雪笹姐一件事。"她说道。

"什么事？"

"婚礼开始前，我把小药盒交给了雪笹姐，就是那个装有鼻炎胶囊的小药盒。"

"对，但实际上保管小药盒的不是我，而是西口小姐。"我回答，心里隐隐感到不安。不知道美和子到底想说什么。

"我听说，后来你又将那个交给骏河先生保管了……是真的吗？"

"是的，所以说他有充分的时间将毒胶囊放进去。怎么了？"

"听了刚才的话，觉得有些奇怪。"

"有什么奇怪的？"

"因为，"美和子用手按住脸颊，若有所思地说道，"雪笹姐不是知道骏河先生偷了毒胶囊吗？还知道骏河先生有杀诚的动机。那为什么还将小药盒交给骏河先生保管呢？难道不觉得这样很危险吗？"

"那是因为……"我无话可说。

2

在浪冈准子的住处看到经过加工的胶囊，我萌生了杀意。如果想办法让穗高吃下去,就能达成完美犯罪,警方肯定会认为是浪冈准子殉情。

那时,如果骏河没回来,我一定会绞尽脑汁想怎样才能把毒胶囊混入穗高的鼻炎药中。在何处、何时,如何避人耳目,还有投毒的时机……恐怕会想得头晕目眩。

但骏河的举动完全改变了我的计划。发现他偷了胶囊后,我的脑海中浮现出一个截然不同的想法。我想,完全没必要那么复杂,可以让这个男人完成所有的计划。

除了杀死穗高,我不觉得骏河偷胶囊还有别的目的。但即便这样,我也不能袖手旁观等他动手。骏河是个有魄力的男人,但紧要关头也可能会动摇,还可能找不到投毒的机会。最关键的鼻炎药药瓶在美和子那里,我可不觉得婚礼当天骏河会有机会接近新娘的私人物品。

反复考虑后,我明确了自己应该做的事。只要给他机会把胶囊放进去就行。我是当天为数不多的能一直在美和子身边的人,那绝不是什么难办的事。凶手是骏河直之,这点谁也无法否定。即便警察查到真相,逮捕的也只会是他一人。没有一个警察能想到,罪行的背后会另有他人操控。即便是直接动手的骏河本人,做梦也想不到自己受了他人的操控。

那时,当美和子拿出小药盒,拜托我转交给穗高时,我觉得上帝站在我这边。这是一个求之不得的机会。

我之所以让同行的西口绘里拿着小药盒,是因为这样一来可以向警方展示我没有任何投毒的机会。当然,正是出于这种目的,我才带着她去的。

我到处寻找骏河。如果把小药盒直接交给穗高,可就毫无意义了。当美和子从休息室出来时,想看新娘的人们聚集到门口,我在人群中发现了骏河。我装作若无其事的样子接近他,跟他搭话。他没有看新娘,视线追踪着神林贵弘。

交谈几句后,我让西口绘里把小药盒交给骏河。

"请回答我。"美和子对沉默的我重复了一次,"你明明知道骏河先生偷了胶囊,为什么不说,还把小药盒交给他?"

"我以为想法和行动是不一样的,"我回答,"没想到他真的会把毒胶囊放进去,仅此而已。"

"难道没有想过万一吗?你明明看到骏河先生流泪。"

"是我太轻率了,这一点我反省。我不知该说什么才能表达我的歉意。"我向美和子道歉。

"原来是这么回事啊。"骏河点着头说道,"当时我就觉得奇怪,如果需要把小药盒交给穗高,去新郎休息室就可以找到他。特意让我转交,是想让我把毒胶囊放进去啊。"

"别胡说!你无非是想把自己说成无辜的受陷害者,以此来开脱罪责。"

"都说好几次了,我没有那么做!"骏河用拳头敲打着茶几,然后抬头看着加贺,"当时从她那里拿到小药盒后,我马上就转交给了一旁的酒店服务生,让他把东西交给新郎。"他又转过来对我说,"你应该也看到了。"

我没有发表任何意见。骏河说的是事实,小药盒马上交给了服务生,因此应该没有投毒的时间。但我没有义务为他辩护。

"总之,我已经没什么可说的了。"我对加贺说道,"如果要去警察局，我随时奉陪。但即使去了，能说的也就是刚才那些。"

"当然，得麻烦你去一趟警察局。"加贺露出意味深长的笑容。

"我也一样，再说几遍也是同样的内容。"

"至于你，"加贺目光锐利地看着骏河，"有必要做好心理准备，因为待遇会有所不同。不管怎样，你可是偷了胶囊，并且现在还拿不出来。我们寻找的凶手，就是在一周前使用同样的胶囊谋划毒杀的人。你若想证明自己的清白，必须说清楚胶囊的下落。"

"我不是说已经扔掉了吗？"

"骏河先生，你绝不是个笨人。你自己也明白，我们不会相信那种说辞。"

"你这样说也没用，因为我说的就是事实。"

"你还没有回答刚才那个问题。"

"什么？"

"为什么要偷胶囊？难道你也跟雪笹女士一样，无缘无故就是想偷，然后说自己就是那样的男人？"加贺看着我，用嘲讽的语气问道。

骏河似乎词穷了，默默地咬着嘴唇。

就在这时，一直没有参与讨论的人轻轻举起手。"可以打断一下吗？"

"什么事？"加贺看着发话者神林贵弘。

神林贵弘俊秀的脸朝向骏河。"那个……原来是你。"

"什么意思？"骏河近乎呻吟。

"那封奇怪的恐吓信——把那封信放进我房间的原来是你。"

"我不知道你在说什么，是不是有什么误会？"骏河露出明显的假笑，把脸转开了。从他僵硬的表情可以看出，神林贵弘说的是事实。

"恐吓信？那是什么？"我提出疑问。

神林贵弘垂下视线，露出犹豫不决的表情。

"哥哥……"美和子发出微弱的声音。

"神林先生，"加贺说道，"请告诉我们。"

像是下了很大的决心，神林贵弘抬起头。"婚礼那天早晨，有个信封塞进我房间的门缝。打开一看，是一封恐吓信，内容极其……卑劣。"

"那封信现在还在吗？"加贺问道。

神林贵弘摇摇头："当场就烧掉了，因为实在是太恶心了。"

"能告诉我们内容吗？"

"具体内容就算了吧，简单地说，就是他知道我和妹妹的一些秘密，如果不想公布于世，我就得按信上说的去做……"神林贵弘痛苦地说道。我看了一眼美和子，她正捂着嘴站在那里。

"一些秘密"是指什么，我立刻察觉到了，应该是指他们之间那种超乎兄妹的感情。能发现这一点的人非常有限。我看向骏河，他面无表情。

"信上具体让你做什么？"加贺问道。

"信封里，"神林贵弘回答，"附有一个小塑料袋，里面有一粒白色胶囊。把那个放进穗高的鼻炎药里——是这样的指令。"

后面传来咯噔一声。回头一看，美和子跪倒在地板上，双手捂脸。这并不奇怪，因为我也非常惊讶，做梦都没想到骏河竟还有这样的计谋。我是想让骏河动手杀人，并提供了下手的机会，但他却使用别的方法，试图去操控他人。

"骏河先生，"加贺对骏河说，"那封恐吓信是你写的吗？"

"……我不知道。"

"除了你不可能有别人。"神林贵弘说道,"那天,我和美和子住的是不同的房间。两个房间都是以神林的名义预订的,外人绝对不会知道我住的是哪一间,知道的只有你、穗高先生和雪笹女士。"

"简单的排除法啊。"我说道。

事已至此,骏河还是保持沉默。他的鬓角流下一道汗水。

这时,神林贵弘忽然低声笑了起来,笑声让人毛骨悚然。我吓了一跳,不禁看向他,以为他发疯了。

但什么也没发生,他马上恢复了正常的表情。"骏河先生,看来你是不想说实话。你一定认为,一旦说出来,就会成为共犯。但如果看到这个,你一定会说实话的,并且会感谢我。"

骏河闻言,露出了惊讶的表情。我也目不转睛地看着神林,完全猜不出他想做什么。

神林从裤子口袋里拿出钱包,又从里面拿出了一个小塑料袋。看到那个,我不禁"啊"地喊出了声。

"这就是当时装在信封里的东西。"

袋子里,有一粒白色胶囊。

神林贵弘之章 六

骏河露出了难以置信的表情。其实这也不奇怪，他大概一直以为我按照他的命令将胶囊放了进去。

"让我看一眼。"加贺伸出胳膊，将小塑料袋放到自己的大手上，目不转睛地盯着里面的白色胶囊。我觉得就算盯着看，也不一定能看出里面有没有毒，但作为刑警，他可能就是想这么做吧。

"我倒不是效仿雪笹女士，不过让加贺先生把那个拿回去仔细检查怎么样？当然，如果那封恐吓信只是个恶作剧，这粒胶囊也不过是普通的鼻炎药，那就是另一回事了。"说完，我看了看骏河，"但这的确是毒胶囊吧，骏河先生？"

显然，骏河在犹豫。他或许正在思考如何回答才对他有利。首先，他大概在怀疑我所说的没使用胶囊那句话不是真的。如果是谎言，他就得分析自己会陷入怎样的困境。另外，他或许还在考虑如果坚称恐吓信不是他写的，可能会带来什么样的风险。

"怎么样，骏河先生？"加贺似乎等得不耐烦了，催促着他，"神林先生收到的那封恐吓信与你无关吗？"

骏河皱着眉头，慢慢抱起胳膊。我看出他已下了决心。一个人抱住胳膊，往往是已经得出某种结论的时候。

"这粒胶囊，"骏河问我，"真的是信封里的那粒？"

"是的。"我回答。

"那你……没有用掉它？"

"对，没有。"

"原来如此。"骏河叹了口气。从旁边也能看出，他放松了紧绷的身体。"原来没用掉啊……"

"恐吓信是你写的吧？"加贺再次问道。

骏河轻轻地点了点头。"是我。"

"这粒胶囊是怎么回事？"

"和刚才所说的一样，是从她……浪冈小姐的住处偷出来的。"

"是为了让穗高先生服下而偷的，没错吧？"

"现在否认也来不及了吧。"骏河淡淡地笑了笑，表情似乎有了些许从容。

"当时就想好了要威胁神林先生？"

"不，我当时没有具体想过让穗高服下胶囊的方法。回到家后，我盯着胶囊左思右想，最后想到了可以利用他。"骏河朝我的方向微微抬起了下巴。

"你还记得恐吓信的内容吗？"

"当然记得，毕竟是我写的。"

"请告诉我信的具体内容。"

"这倒无所谓，但……"骏河似乎有点顾忌我的样子。

加贺见状朝餐桌走去。"请到这边来。"

骏河起身跟在加贺身后。在餐桌旁,两个男人背对着我们小声交谈,显然是在讲恐吓信的具体内容。不久,骏河回来了。他看了我一眼,坐回原位。

"神林先生,"加贺对我说,"麻烦你过来一下。"

我知道他的目的。我小声叹了口气,走到刚才骏河站的位置。

"有必要确认一下,恐吓信是不是骏河先生放的。"加贺好像有点不好意思,口气却不容丝毫妥协。

我点头说:"我明白。"

"有关恐吓信所用的信封、信纸、字的特点,能想起多少是多少,能否详细告诉我?"

"是普通的白色信封,收信人是用尺子辅助写的'神林贵弘亲启'。里面是一张 B5 大小的纸,文字应该是用打字机或电脑打的。"

"内容呢?"加贺边记笔记边问我。

我尽可能详细地告诉他信的内容:我知道你和神林美和子之间存在超越兄妹的关系,如果不想让别人知道……虽然只读过一次,却已经深深地铭刻在我的脑海里。

加贺的表情没有任何变化,仿佛早就看出了我和美和子的关系,但这应该不大可能。"知道了,谢谢。"他直视着我的眼睛说道。从他的表情可以看出,他坚信不回避眼神才能表达诚意。

"放恐吓信的是骏河先生,没错吧?"我问他。

"对。"他轻轻点了点头,又说,"能否麻烦你再告诉我一件事。"

"请讲。"我回答。

"为什么……"说完,加贺皱起眉头,垂下眼帘,像是在找恰当的词。

我明白了他想问什么。"你是想问我为什么没有按恐吓信的指示去做？"

"对。当然，你这样做才是正确的。"

"美和子，"我对仍跪在地上的妹妹说，"我知道你很难受，但你回想一下婚礼那天，当时我有放毒胶囊的机会吗？"

美和子托着脸陷入思考。还没等她回答，雪笹香织在旁插了一句："在新娘休息室，你不是和美和子小姐单独相处过一段时间吗？"

"你知道的还真不少。"

"那是因为……总之，我有印象。"

"是啊，如果是我放的，也就是那个时候了，除此之外没有其他机会。可是……"我再次看向美和子，"我接近过小药盒吗？"

美和子摇了摇头，"没有。哥哥根本没有机会接近小药盒。"

"是啊。"

"怎么回事？"加贺问道。

"装着小药盒的包和更换的衣服一起放在房间的最里面。"美和子解释道，"那个位置离门口很远，走到那里还需要脱鞋，而哥哥当时只是在门口站了一会儿。"

"就是这样。"我说道，还露出一丝苦笑，"说实话，我很想按恐吓信的指示把胶囊放进去。那封信确实看透了我的心理，刺激了我内心深处对穗高的憎恨。正常情况下，再恨对方也不会去杀人。但如果是被胁迫的，就不存在这种顾虑了。虽然知道那样做有违常理，但被逼无奈这一借口会压倒良心。但是……"我继续说道，"最终还是没有机会。明白了吗？我不是没有按恐吓信的指示去做，而是没能找到机会。"

骏河直之之章 六

神林贵弘的言行把我从地狱救了出来。

没想到他会坦白一切,还交出了那粒胶囊,对我来说简直是绝处逢生。这样一来,我的嫌疑便大大减轻了。

一直小声交谈的神林贵弘和加贺回到了我们这边。神林贵弘坐回原位,加贺也回到了之前站的位置。所有的事情绕了一圈后仿佛又回到了原点。不同的是,情况变得更加复杂了。

"怎么办,加贺先生?"我靠在沙发上,换了一下跷二郎腿的姿势,"我确实写过恐吓信,还附上了毒胶囊,但它最终并没有用上。也就是说,我偷的胶囊与穗高的死没有任何关系。另外,雪笹女士偷的胶囊也没有使用。这不是说明杀害穗高的凶手并不在我们这几个人中间吗?"

"发现自己的行为并没有导致穗高死亡,你的态度马上就变了。"雪笹香织用嘲讽的口气说道,"但你做的那些事,可以算杀人未遂或教唆杀人吧?"

"也可以这么说,"我答道,"但那又怎样?难道用这个罪名起诉我吗？事到如今，谁也不知道恐吓信的内容和真实性。如果我说只是在开玩笑，警方也无可奈何。当然，我承认这种玩笑的性质相当恶劣。"

"假如我按指示杀了穗高，被警察逮捕后说出恐吓信的事，最后查出是你写的，你也打算这么说吧？"神林贵弘对我说。

我用指尖挠了挠眼角。"如果事情真的发展成那样，我当然会这么做。"

"真卑鄙！"雪笹香织简短地说道。

"我知道，但你有资格说我吗？你明明看到我偷胶囊，还将小药盒托付给我。"

"我不是说了并不是故意的吗？"

"那可不一定。如果你不知道我偷了胶囊，是不是就打算直接亲自动手？"

"你不要血口喷人！"

"住口！"这时，有人尖叫起来。是神林美和子。她站起身来，瞪着我们："你们把人命当成什么了？你们觉得他死不足惜吗？我真没想到你们会那么轻易地想杀他。"神林美和子站着，再次捂住脸，指缝间传出了呜咽声。

沉默笼罩着宽敞的室内，只有她的抽泣声堆积在沉默之下。

"我不想伤害你，但是，那个男人也是罪有应得。"我说道。

"说谎！"

"这是真的，不然不可能有这么多人想杀他。"

"我也觉得，"雪笹香织接着我的话说，"他没有资格活下去。"

神林美和子呆立在那里。她一定有很多话想反驳，也许愤怒、悲伤、悔恨正一起向她袭来。过多的思绪使她实在无法控制自己，只能茫然若失地站在那里。

我又一次觉得真是不可思议。为何如此纯洁的姑娘会迷上那样一个龌龊肮脏的男人？真不知是看上了他哪一点。

还是说，正因为纯洁，才会被龌龊肮脏的东西所迷惑？

这时，加贺低声说道："看来大家掌握的信息差不多都说出来了。"

我们看着加贺。他察觉到大家的视线，挺了挺胸。"那么，接下来我们就聊些关键话题吧。"加贺俯视着我们，脸上散发出一种从容，并不像是在虚张声势。

"关键话题指什么？"我问他。

"当然是指在座的各位当中，究竟是谁把毒胶囊放了进去。"加贺抬高声音说道，"就是这个话题。"

雪笹香织之章　六

"你没听我们刚才说的话吗?综合所有人的描述,凶手不可能在我们中间。"骏河不耐烦地说道。

"是吗?在我看来,目前只掌握了一半的真相。"

"一半的真相?这么说的根据是……"

加贺对骏河的话不加理会,再次拿起桌上的十二枚十元硬币,握在手里哗啦作响。他环视我们,说道:"刚才我们验证了穗高先生的鼻炎胶囊究竟是怎样逐渐减少的。这次,我想对浪冈小姐制作的毒胶囊进行同样的验证。浪冈小姐购买的也是新的鼻炎药,胶囊的数量应该是十二粒。"

和刚才一样,加贺将十二枚硬币摆到桌子上。就像为了看清魔术师手法的观众,我们都探出身子。

"并不是所有的胶囊都装有毒药。不知是不是浪冈小姐装药时失手了,有一粒拆开的胶囊放在硝酸士的宁的瓶子旁边。"说着,加贺拿起最右边的硬币。

我想起来了,的确有这么一回事。如他所说,当时茶几上确实有一粒拆开的胶囊。

"也就是说,毒胶囊实际上可能是十一粒。对了,雪笹女士,"加贺忽然问我,"你说过,进入浪冈小姐的房间时,药瓶里的胶囊是八粒,对吗?"

我点点头:"是的。"

加贺将桌上的硬币分成八枚和三枚。"解剖结果表明,浪冈小姐服用了一粒毒胶囊。"说完,他从三枚硬币中取走一枚,"那么,剩下的两粒到底在哪里?"

"你到底想干什么?"神林贵弘说道,"为什么要从这个角度入手分析?分析的对象应该是谁有机会把毒胶囊放进去,不是吗?"

"不是这样。解决此案的关键在于查明所有胶囊的下落。我之所以问大家各种情况,目的就在这里。"

"综合刚才的内容,只能得出一种结论吧。"骏河说道。

"是吗?"加贺看着骏河问道,"是什么结论?"

"其实没必要想得那么复杂。如果觉得两粒胶囊消失得很奇怪,可以先保持怀疑。我的意思是,实际情况也有可能是这样。"

骏河把手伸到桌子上,将两枚单独放着的硬币与剩下的八枚放到了一起。

"哦,"我点点头说道,"你是想说我在撒谎。瓶里剩下的应该是十粒,我偷了其中的三粒,却说只偷了一粒,然后将没用的一粒交给了加贺先生,另外两粒则用来杀穗高先生——是这个意思吧?"

"我说的是唯一的可能性。毕竟除了你,还有谁能偷出胶囊?"

"有啊。"

"谁?"

我默默地指了指他的胸口。

他吓得往后一仰。"喂，证明我只拿了一粒胶囊的可不是别人，正是你。"

"仔细想来，我能证明的，只有理应还剩七粒的胶囊不知为何仅剩下六粒这一点而已。"

"这不就够了吗？我只拿了一粒。"

"那时偷的是一粒。但你可不一定只偷了一次胶囊。"

"你说什么？"骏河横眉怒目地问道。

"我进入浪冈小姐的房间，是在你和穗高先生搬运完尸体以后。那么，当时你有可能已经偷过胶囊了。"

"你是说，我偷了两次？"

"可以这么说。"

"我为什么要那么做？"

"那我就不知道了。有可能是先从十粒中偷了两粒，但考虑到失败的可能性，后来又偷了一粒。"

"太牵强了！"

"是吗？这可和你怀疑我的根据性质完全相同。"

"好，那按你说的，就算是我偷了三粒，而其中的一粒和恐吓信一起塞进了神林先生的房间，将杀死穗高的任务交给神林先生。那么，我何必还要亲自动手放毒胶囊？如果要亲自动手，从一开始我就不会考虑利用神林先生。"

"这也许就是巧妙的策略。你设计的是双重计划。你已经考虑到神林先生不一定会屈从于你的威胁。就算事情发展到那种地步，穗高先生也会死于你亲自放进去的胶囊。然后，如果怀疑到你头上，你就打算坦白恐吓信的事。正如你所说,一般人会认为,既然你已经打算利用神林先生杀人,那么应该就不会再亲自投毒。这么一来,你就可以免除嫌疑。"

听完我的话,骏河举起了双手。"真是服了你了,亏你能想得这么离奇复杂!"

"在我看来,这是可信度相当高的推理。"

"如果真是这样,我现在就自杀给你看。既然两粒中的一粒由穗高服下,那么我这里应该还剩一粒才对。"骏河拍着胸口说道。

骏河直之之章 七

听到雪笹香织信口开河，我不禁大脑发热。什么叫先从十粒胶囊中偷了两粒，后来又偷了一粒？简直荒唐至极！

"感谢各位耐人寻味的推理。"加贺插了一句，"两位的推理都有一定的可能性。但从目前的状况来看，无法断定谁是凶手。不仅你们两位，谁都有可能成为凶手。"

"至少我的嫌疑已经不存在了吧。"神林贵弘说道，"我不知道浪冈小姐住在哪里，周六那天是我第一次见到她，我也不知道她制作了毒胶囊。我手中只有附在恐吓信中的那一粒胶囊，既然我已经交出了胶囊，理应是清白的。"

不知何时来到他身后的神林美和子点了点头，表示同意哥哥的主张。我也觉得神林贵弘的话无懈可击。

但是加贺并没有点头。他皱着眉，挠了挠太阳穴。"遗憾的是，事情并没有那么简单。"

"为什么？我根本没有机会弄到毒药啊。"

加贺没有回答，而是看向我。"你说装有毒胶囊的瓶子是浪冈小姐随身携带的,对吧?所以把瓶子和尸体一起搬到了她的住处。"

"对。"我回答。

"你觉得她为什么带着那个瓶子?如果只是用于自杀,药量未免太大了。"

"当然是打算找机会用那个瓶子替换穗高的药瓶。"

"但因为各位都在场,所以她打消了这个念头,是吗?"

"估计是这样。"

"可是,"加贺说道,"她能那么轻易地放弃吗?她会不会想,哪怕有一丝可能性,也决不放弃和穗高先生一起死的心愿?"

"她也许会那么想,但做不到的话也没办法啊。"雪笹香织说道,"何况穗高先生已经把鼻炎药药瓶交给了美和子小姐。"

"所以她只能打消换药瓶的念头了。"加贺的话显然别有深意。

"你到底想说什么?"

"据美和子小姐说,去意大利餐厅前,穗高先生来到这里,打开组合柜的抽屉取出了小药盒。"

确实有这么一回事。我点了点头,其他人也一样。

加贺继续说道:"据说当时还发生了一件小事。穗高先生以为空着的小药盒里竟然有两粒胶囊。"

"啊!"首先喊出声的是神林美和子。我也倒抽了一口凉气。

"据说穗高先生听从美和子小姐不要吃过期药的建议,将胶囊扔进了垃圾筐。就是这个——"加贺大步走向书桌,拿起旁边的垃圾筐,"问题是,扔掉后理应谁也没有碰过才对,可垃圾筐里却并没有胶囊。那么,只存在一种可能性,就是有人趁机将胶囊捡了起来。"

"也就是说,那两粒胶囊是浪冈小姐放进去的……"我说道,声音有些沙哑。

"当然这只是推理。"

"就算你的推理正确,谁也不能肯定是她放进去的。"

"对,除非有人亲眼看到。"

"对。那么,谁能看到——"

说到这儿,我忽然想起了一个人的面孔。

如果准子是偷偷潜入这个客厅的,那么一定是趁我们在二楼的时候。当时在一楼的,只有一个人。

那个人——神林贵弘慢慢抬起了头,看向加贺。"那天我确实在这里。难道你想说,我坐在沙发上默默看着浪冈小姐闯入客厅,然后把东西装进小药盒里,是吗?"

"如果你在这里,浪冈小姐绝对不会闯进来。她大概是趁你去洗手间时悄悄潜入的。从洗手间回来的你碰巧目击到她正往小药盒里装东西。"

"简直是无中生有!"

"为了证明并非无中生有,我想告诉大家另一件事——"加贺扫了一眼所有人,"另一起谋杀。"

雪笹香织之章　七

"另一起谋杀?"神林贵弘面带惊讶,"什么意思?是比喻吗?"

"不,和字面意思一样,不是比喻。本次案件中,确实存在另一起谋杀。"

"喂,你该不是说……"骏河结结巴巴地说,"浪冈小姐是被谋杀的?"

"那事情可就更棘手了。"加贺微微一笑,"但并非如此,她的确是自杀。"

"那么……"

"有关另一起谋杀的信息,是由接收被害者的医院的医生提供给警方的。送进医院时,被害者已经死亡。为谨慎起见,医院进行了解剖,发现死因是硝酸士的宁中毒。他们想到可能与本次案件有关联,于是报了警。"

"被杀的是谁?报纸和电视上并没有相关报道啊。"我说道。

"并不是每一件社会上发生的事都会被媒体报道。那只是一起随处可见、并不起眼的谋杀,但那起谋杀用到了一粒毒胶囊。"

"既然发生了杀人案,一定会有报道啊,何况和穗高先生有关。"

"我刚才,"加贺以严肃的眼神看着我,"虽说过发生了另一起谋杀,但并没有说那是杀人案。"

"什么意思?"

"即便拿到浪冈小姐放进去的可疑的胶囊,也无法判断那是不是毒药。神林先生千方百计地想确认这一点,他想知道胶囊是否有毒,毒性又有多大。"

"不要随意猜测别人的行动好不好?"一直彬彬有礼的神林贵弘忍不住用尖锐的语气说道。

"这并不是想象,而是根据证据推理出来的。案发前一晚,神林先生在街上寻找能做实验的对象,并找到了合适的牺牲品。可怜的被害者毫不知情,当时正在散步,或许正打算去找心上人,或许是在外玩了一天正打算回到温馨的家。如果没有遇到神林先生,被害者就会度过与往常一样的平淡夜晚,可不巧偏遇到了神林先生,并在不知不觉中吃下了毒胶囊。硝酸士的宁的药效极大,被害者几乎没受什么痛苦就断了气。被害者一直倒在街上,直到被住在附近的好心男子发现。当然,那时神林先生早已离开。"说完,加贺不知为何看向了骏河,"所以说,莎莉是幸福的。"

骏河"啊"了一声,张大了嘴巴,像是想到了什么。

"医生把成为实验品的被害者的胃剖开,弄清被害者除毒药以外还吃了什么。神林先生,说到这里你也应该明白了,我绝对不是凭空想象、胡编乱造的。"

神林贵弘双手在膝盖上交握。他的手轻轻地颤抖着,脖子上青筋暴起。

神林貴弘之章　七

只能说，我是在那一瞬间忽然想到的。那时，出现在院子里的白衣女子打开柜子的抽屉，往看起来像是药盒般的小盒子里装进了什么东西。

我真佩服刑警加贺的想象力，他的推理基本上没有什么可补充的。正如他所说，事情确实是这样。我从洗手间出来打算回客厅时，从门缝看到了那一幕。

当然，我不知道她放进去的是不是毒药，因此很想确认。确认的方法，的确就像加贺推测的那样。

如果让穗高服下这粒胶囊——这个黑暗的想法让我动心。

"加贺先生，这样一来，我和雪笹女士的嫌疑是不是就可以解除了？"骏河说道，"消失的两粒胶囊的下落已经弄清楚了。浪冈小姐制作的毒胶囊经过了谁的手，又是如何被处理的，一切都水落石出了。我和雪笹女士偷的胶囊最终都没有使用。所以，剩下的就是警方和神林先生之间的事了吧。"

"我什么都没干。我不是凶手。"

"你当然会这么说……"骏河把视线从我身上移开。

"等等,我还没说完。关于胶囊的数量,还有下文。"加贺说道。

"还有什么?"雪笹香织皱着眉说道。

"该说最后的事了。综合大家之前所说的,雪笹女士在浪冈小姐的住处看到药瓶时,里面还剩八粒胶囊,这应该是真的。雪笹女士说自己拿了其中的一粒,骏河先生也说自己拿了一粒。问题是,这些加在一起也不对,还少一粒。"

"还少一粒?不可能。你之前不是说房间里还剩六粒吗?"

"我的意思是,房间里剩下的胶囊总共是六粒。"加贺别有深意地笑道,"刚才我说过,药瓶旁边有一粒拆开的胶囊,把它算进去一共是六粒,而瓶子里剩的是五粒。雪笹女士,你偷了一粒胶囊后,瓶子里本应剩六粒。可在这六粒中,又少了一粒。"

"怎么会这样……"雪笹香织无言以对,片刻后,她用细长的眼睛看着骏河,"难道……你后来又潜入了浪冈小姐的住处?"

"然后又偷了一粒毒胶囊,是吗?别开玩笑了!我有必要那么做吗?"

"雪笹女士的推理不无道理。"加贺说道,"这个计划可以分为两个部分。你在计划时就已经想好,即使神林先生不执行任务,你也完全可以亲自动手。"

"什么时候动手?我哪里有机会投毒?"

"就是美和子小姐从美容院回到休息室的时候。"雪笹香织断言,"她把包忘在了美容院。虽然只有几分钟,但那时你有下手的机会。"

这件事我也有印象。我从美容院出来时还碰到过西口绘里,时间是十一点左右。

"开玩笑！我当时在和穗高商量事情，后来又在餐厅待了一会儿。"

"和穗高先生在一起？也就是说，证人已不在了。"

骏河瞪着雪笹冷漠的脸，然后将犀利的眼神转移到加贺身上。"就算后来又有人偷了一粒胶囊，有机会的也不止我一人，不是吗？"

"难道你想说是我偷的？"

"没这个意思。我只是想说，咱们都有可能。"

"我可没有那种机会。"

"那也不一定。"

"你想说什么？"

"那个替我去送小药盒的服务生说，他将东西放在了新郎休息室的入口处，所以你有机会偷偷把胶囊换掉。"

"我有必要那么做吗？"

"你最初的打算是想让我投毒，但我什么都没做，就将小药盒转交给了服务生，所以你才急忙亲自动手。"

"服了你了，亏你能想得出来！"

"起这个头的可是你！"

骏河直之和雪笹香织瞪着彼此，许久才移开视线。

没过多久，骏河低声笑了出来。"真是无聊的争吵。没必要认为凶手一定就在我们两个人中间，因为有个人拿着一粒多余的毒胶囊。"说完，他看向我。

"哦……是啊。"雪笹香织像是刚刚才想起来，与骏河一样看向我。

"刚才我也说过，我根本没有机会投毒，所以你给我的那粒胶囊也没用上。"

"那可不一定，没准有什么盲点。"

"不要血口喷人!也许这么说的你才是真正的凶手。"

骏河闻言,用犀利的眼神回应我。

令人烦闷的沉默持续了一会儿。沉默中,美和子的抽泣声逐渐变大。她抱着头,不断痛苦地摇头。

"我都不知道到底是怎么回事了。谁是凶手都可以!快告诉我答案。"

谁是凶手都可以!

这一刻,我的心就像烟消雾散般变得清晰明朗。我忽然看到了之前一直看不清的东西。

原来如此。

其实,对于美和子来说,重要的不在于谁是凶手,而在于她亲自查明杀害未婚夫的凶手这一事实。她深信只有完成这个任务,她才会成为能够正常与人相爱的女人。

她是在演戏。

这场戏,有可能在很早以前——与穗高相爱时就已经开始了。

只拥有过不正常爱情的她,想通过扮演深爱着穗高的女人,摆脱过去的诅咒。爱的人不是穗高也无所谓,因此,杀害穗高的凶手是谁对她来说也无所谓。

这时,加贺用低沉的声音清楚地说:"答案已经出来了,美和子小姐。"所有人都看向他。

"请告诉我。"美和子恳切地说。

"听完所有的叙述,我终于弄清了案件是怎么发生的。打个比方,拼图终于要完成了,剩下的就是将最后一块拼上。"

加贺把手伸进上衣内侧口袋,拿出了什么。是三张照片。"最后一块拼图就在这里。"说完,他将照片扔到了桌上。

照片中的东西都是这起案件的重要证据,因此加贺不可能拿着原件到处乱跑。这些东西分别是美和子的手提包、药瓶和小药盒。

"这是什么意思?"我问道。

加贺站在那里,指了指照片。"事实上,这些东西中的某一件上,附有身份不明的人的指纹。这枚指纹的主人既不是在场的各位,也不是穗高先生,因此,搜查本部认为可能是与案件无关的人。但我认为,只有一个人可能是这枚指纹的主人,而我的推测是正确的。其实也不奇怪,上面附着的,就是本应留下痕迹的人的指纹。刚才听完各位的叙述,有关指纹的疑问也就清楚了。"

加贺慢慢举起了指着照片的手指。"其他人可能没听明白,但有一个人一定听懂了。而听懂我这番话的人,正是杀害穗高先生的凶手。"

加贺说道:"凶手就是你。"

图书在版编目(CIP)数据

我杀了他 /（日）东野圭吾著；郑琳译. —— 2版
. —— 海口：南海出版公司，2019.5
 （东野圭吾作品）
 ISBN 978-7-5442-9411-9

Ⅰ.①我… Ⅱ.①东… ②郑… Ⅲ.①长篇小说－日本－现代 Ⅳ.①I313.45

中国版本图书馆CIP数据核字(2018)第210285号

著作权合同登记号　图字：30-2018-115

WATASHI GA KARE O KOROSHITA
© Keigo Higashino 2002
Original Japanese edition published by KODANSHA LTD.
Publication rights for Simplified Chinese character edition arranged with KODANSHA LTD. through KODANSHA BEIJING CULTURE LTD. Beijing, China.
All rights reserved.

我杀了他
〔日〕东野圭吾 著
郑琳 译

出　　版	南海出版公司　(0898)66568511
	海口市海秀中路51号星华大厦五楼　邮编 570206
发　　行	新经典发行有限公司
	电话(010)68423599　邮箱 editor@readinglife.com
经　　销	新华书店
责任编辑	张　锐
特邀编辑	王心谨　王　雪
装帧设计	朱　琳
内文制作	王春雪
印　　刷	北京盛通印刷股份有限公司
开　　本	850毫米×1168毫米　1/32
印　　张	9.5
字　　数	190千
版　　次	2013年4月第1版　2019年5月第2版
印　　次	2024年4月第48次印刷
书　　号	ISBN 978-7-5442-9411-9
定　　价	55.00元

版权所有，侵权必究
如有印装质量问题，请发邮件至　zhiliang@readinglife.com